Never to touch and never to keep.

Never to touch and never to keep.

讓我最放不下
的人

Never to touch and never to keep.

著
———

Middle

Never to touch

and never to

keep.

目錄・CONTENTS

前言

這是一個，
不，應該是兩個，
發生在不同的時間與地點，
想放下，但還是未可放下，
想在一起，但始終沒有在一起的故事。

如果你想看到一個比較惆悵的結局，
請你先閱讀《譚嘉旻，軌跡。》這一章，
之後再看《張重言，後來。》。

如果你想看到一個比較不惆悵的結局，
那請先閱讀《張重言，後來。》，
最後再回看《譚嘉旻，軌跡。》這一章。

好像沒有太大分別嗎？
有的，還是有分別的，
就只待你去發掘及體會。

希望你會喜歡這一個故事。
希望你會明白這一個故事。

Never to touch
and never to keep.

Never to touch
and never to keep.

《 譚嘉旻，軌跡。》

有時不再期待
不等於你從來沒有
對那一個人認真

你對他感到無比失望
是因為你真的很認真地
喜歡對方

你可以勉強自己
不要再投放更多時間與心機
但曾經有過的心動與回憶
卻會讓你在某些累到盡頭的時候
始終無法乾脆一點離開或放手

第 430 日

夜深，嘉旻回到自己的家。

家裡靜悄悄的，母親還沒有回來。她看著這一個細小、熟悉也冰冷的家，心裡只感到一種沉重的無力感。

走到窗前，她掏出手機，打開了與 Raymond 的訊息對話框。

緩緩地按鍵，輸入：

Never to touch
and never to keep.

「不如，我們以後不要再見吧」

然後靜靜的，看著這個訊息。拇指在「送出」鍵上空，一直懸浮。

過了一會，她將這個句子刪除，然後又再重新輸入：

「不如……你將我封鎖，不要再讓我找到你，好嗎」

只是在輸入完後，她隨即忍不住苦笑，搖搖頭，又將這一

句話刪除。

　　最後，她在訊息欄裡，輸入「回到家了，駕車小心」，並按鍵送出。

　　將手機放在窗台上，她回到睡房，拿出換洗的衣服，到浴室去洗澡。

　　三分鐘後，Raymond 已讀了她的訊息。

　　八分鐘後，Raymond 回了她一個訊息。

Never to touch
and never to keep.

　　只是十分鐘後，Raymond 將那一個訊息「取消傳送」。

　　二十分鐘後，嘉旻沐浴完，回到窗台前，拿起自己的手機，只見到有一個訊息被取消傳送的紀錄。

　　後來她一直都想知道，那一個訊息的內容。

　　可是 Raymond 始終都沒有告訴她。

那一天之後，他們也沒有在訊息裡交談過。

第 1 日　12 月 12 日

在這一天之前，譚嘉旻從來沒有想過，要去開展一段新的愛情。

她今年二十一歲，還有半年時間，就會大學畢業。

雖然是大學的最後一年，一般學生都會忙著考試及畢業論文，但她在課堂之餘，另外還做著兩份兼職。一份是晚上幫中學生補習，而另一份是在一間咖啡店做侍應生。

她需要錢。從很多年前開始，她一直就希望，有天可以脫離母親，搬出去自己一個人住。

只是一個單身年輕少女，想找到一間合適的房子，本來就並不容易。不是地方偏小，就是租金太貴。她曾經計算過，如果想搬出去住，每月的花費至少需要一萬港元，而且是只能去租一個很小很小的套房。若想租空間寬敞一點、比較舒適的地

方，就需要一萬五千元以上。

　　因此，升上大學後，嘉旻就一直很努力地打工，賺取生活費之餘，也積極存錢，期望當大學畢業後，找到一份理想中的工作，然後就立即搬出去住。

　　也因此，過去這些日子，她都沒有太多時間去發展愛情。

　　不是沒有遇到喜歡的人，只是通常喜歡得並不太深。她也試過談戀愛，只是她實在沒有太多時間兼顧，最後無奈分手了，她也沒時間讓自己緬懷太多。

Never to touch
and never to keep.

　　不是不渴望擁有愛情，但可能是因為成長環境的關係，她一直都希望可以遇到一個，能夠真的互相理解，可以做到靈魂伴侶、願意細水長流的對象。

　　只是她知道，這不是可以隨便去找就會遇到的對象，偶爾她也會覺得，自己的這些想法可能也不合乎別人的預期與價值觀。

　　當身邊的朋友或同學，都在忙著認識更多的新朋友、認識

新事物、去不同的地方旅遊，而自己卻一直忙著工作和存錢，為將來的目標計劃，為下一個月的生活費而煩惱。偶爾遇到一個看似合適、想法相近的對象，但當細談下去，卻又會發現彼此的日常生活、目標和理想可以南轅北轍。漸漸她會覺得，自己與這個世界有點格格不入，不是別人不明白她，而是自己並不適合與別人談戀愛。

所以，漸漸，她對愛情不再抱有太多期待。每次朋友想介紹異性給她、想為她撮合一些對象，她都會讓自己抱著一種「寧缺勿濫」的心態，讓自己不要輕易投入新的關係。漸漸，她彷彿已經習慣了沒有戀愛、一個人生活的節奏。

Never to touch
and never to keep.

所以，當 Raymond 來到她兼職的咖啡店，成為店裡的新咖啡師，其他同事都因為 Raymond 的外表而悄悄留上了心，但嘉旻當時就只是在煩惱，今天下班後是否還趕得及到學生家補習，然後晚上回家後是否還有精神去準備，明天大學課堂的論文簡報。

第 3 日

「你有聽說嗎？ Raymond 原來是店長的外甥呢。」

Cammy 告訴嘉旻，這個她最新打聽回來的小道消息。Cammy 比嘉旻早一年來到咖啡店當侍應，但嘉旻覺得她沒有半點架子，平常工作無聊時，她們都喜歡找對方閒聊說笑解悶。

「是嗎？」

嘉旻看著自己的手機，隨口回道。難得店裡沒有客人，她把握時間上網，想要準備明天課堂會用到的資料。

「他也很懂得討人歡心啊。」

「討人歡心？」

Never to touch
and never to keep.

「昨天，他為我們每一個人，特別沖調了一杯專屬咖啡，說是作為見面禮呢⋯⋯真是浪漫。」說完，Cammy 臉上浮起一個甜蜜的笑容。

嘉旻心裡回想，自己昨天也有上班，但她沒有收到什麼「見面禮」。

「你只是看到他外表俊朗，才會這麼想吧。」嘉旻說。

「俊朗不好嗎？至少養眼啊。」

「……你變得越來越像一個師奶呢。」

「什麼？」

第 4 日

黃昏，還有十五分鐘，嘉旻就要下班。

Raymond 忽然端了一杯啡色的飲料，給正在抹檯的嘉旻。

當時店內沒有客人，其他同事也都出外用膳了，嘉旻一時
之間無法想到，他沖調這杯飲料是要給誰。

「這是給你的。」Raymomd 溫文地笑說。

「……給我？」嘉旻還是有點反應不過來。

「我來到這兒上班已經四天了，這幾天都得到你的幫忙及

照顧，所以我想特別沖一杯飲品給你，作為一點答謝。」

聽到他這樣解釋，嘉旻有些恍然，原來這就是 Cammy 提到的「見面禮」。

「大家都是同事，互相幫忙也是應該的。」嘉旻微笑回道。

Raymond 沒有答話，過了大約五秒鐘，忽然又開口：「這好像是我們第一次，在工作以外單獨談話呢。」

嘉旻又再次反應不過來，沒想過話題會突然這樣轉變。然後她也開始回想，自己這幾天好像也從來沒有跟 Raymond 說過太多話。當他與其他同事在工餘閒聊時，她都剛巧有其他事情在忙著，也沒有想過要特意去加入他們的話題。

「好像是呢。」

說完，嘉旻心裡對自己會這樣回答，感到有些不自然。但是 Raymond 也沒有再說什麼，只是對她淡淡微笑一下，就往洗手間的方向走去。

Never to touch
and never to keep.

咖啡店裡只剩下嘉旻一個人，她看著眼前的啡色飲料，心想這個 Raymond 真是一個「世界仔」，可以這麼主動跟自己搭訕聊天。雖然有點「造作」，但暫時來說，她並不討厭這一個男生。

然後她拿起飲料，喝了一口。原本她以為，這杯是店裡最好賣的 Cappuccino。但想不到，這杯並不是咖啡，而是店裡 menu 沒有的黑糖牛奶。

也是她平常最喜歡喝的飲料。

第 356 日

「為什麼那時候，你會給我黑糖牛奶？」

「那時候？」

「我們第一次單獨對話啊。」

「哦……黑糖牛奶。」

「你怎麼知道……我喜歡喝黑糖牛奶？」

Raymomd 看著大海，過了好一會，才笑著說下去：

「你相信有些事情是命中注定嗎？」

「有沒有這麼誇張？」

嘉旻忍不住失笑一下，只是 Raymond 依然帶著一副若有所思的表情，然後又看了她一眼，沒有說話，就只是一直在微笑。

第 10 日

「Raymond，平時你喜歡聽哪些歌曲？」

「沒什麼特別的……你有推薦的嗎？」

「我最近會聽徐佳瑩。」

然後 Cammy 用自己的手機，連接到咖啡店的藍芽喇叭，不

一會就響起了音樂，是徐佳瑩的〈調色盤〉。

歌曲播完後，Raymond 說：「這個歌手的聲音很好聽啊。」

「是啊，我很喜歡她的聲音，輕輕的，有一種讓人放鬆的感覺。」Cammy 笑道。

嘉旻一直在水吧裡清洗咖啡杯，沒有加入他們的對話。

「那麼，你有聽過岑寧兒的歌嗎？」忽然 Raymond 這樣問。

然後嘉旻感到，站在咖啡機前的他，往自己的方向看了一眼。

「岑寧兒？好像有聽說過……也是台灣的歌手嗎？」

但 Raymomd 搖搖頭，說：「她是香港歌手，但近年都在台灣發展。」

Cammy 在手機裡搜尋到「岑寧兒」的資料，過了一會說：「啊，我有聽過她唱的〈盡力呼吸〉。」

「嗯，這首是她比較新的歌。」Raymond 笑道。

「那麼你有沒有特別推薦的？」Cammy 又問。

嘉旻心裡回答，空隙。

下一秒，她又感到那點似有還無的視線。

五秒鐘後，藍芽喇叭響起了，岑寧兒的〈空隙〉。

第 12 日

下班後，嘉旻獨自走去地鐵站，趕著要到學生的家補習。

然後她看見，比她稍微早下班的 Raymond，也走在同一條路
上。

該超前嗎？還是該上前跟他打招呼，然後一起走，還是⋯⋯

就在她如此胡思亂想的時候，Raymond 竟然剛好回轉了頭。

他馬上就看到嘉旻，展顏對她微笑了一下，更放慢腳步，跟她打招呼：「回家嗎？」

　　嘉旻輕聲回道：「要去幫學生補習。」

　　「啊，原來你還要幫學生補習。」

　　「嗯。」

　　嘉旻不知道還應該說什麼，Raymond 也沒有再接話，兩人繼續往地鐵站方向走去，嘉旻發現自己的步速，不知不覺間已經放慢了下來。

　　「是幫中學生補習嗎？」

　　「嗯，兩個中六生，今年要考 DSE。」

　　「真的辛苦你了。」Raymond 嘆了一聲，又說：「我以前也有試過幫學生補習，可是我實在不是一個做教師的材料，幫學生補了一個學期，之後就沒有再繼續了。」

「沒有人天生就懂得教人呢。」嘉旻呼一口氣，又說：「有時候，我也是一邊教學生、一邊學習如何教人。」

「說起來也是呢，這就跟沖調咖啡一樣。」

「如何一樣啊？」嘉旻好奇問。

「我可以沖調到一杯正式的、讓大多數顧客都會感到滿意的 Cappuccino，但是每一個人的口味，始終會有點差別，有人喜歡奶香，有人喜歡甜，也有人不喜歡甜，如果奶太多，有些人又會有腸胃敏感……所以現在我也是一直在學習、在修行，如何可以更準確地為顧客調配出他喜歡的味道，更適合他們的咖啡。有時可以做到，有時可能會失手，但透過觀察、練習與實踐，我知道自己的技術會一點一點進步，總有天我會做到自己理想中的咖啡師。」

嘉旻想不到，他會突然說出這番感想，而且內裡蘊含著他的理想、目標與執著，與他平時那種淡然甚至像是有點漠不關心的姿態，有著強烈的對比。

她想問他，為什麼當初會想做咖啡師，他卻突然對她笑笑

揮手，然後就轉身走開，去到地鐵站入口前、一個年輕女生的旁邊，跟那個女生愉快地談笑。

原來他約了人，嘉旻猜想他們應該是朋友。只見那個女生笑得很甜，她留著一頭漂亮的長髮，是大部分男生應該會喜歡的類型。

嘉旻叫自己不要再多想，繼續快步走進地鐵站裡。

第 14 日

Raymond 真的很受歡迎。

不只店裡的同事喜歡他，嘉旻留意到，有不少顧客也會對他這個新咖啡師，投以友善與好奇的目光。

例如有一群女中學生，試過連續三天下午放學後，在同一時間來到咖啡店，就只為了要喝到 Raymond 的手沖咖啡，然後坐在水吧前的座位，一邊做著功課，一邊默默偷看他工作。直到他下班了，她們才捨得收拾功課離開。

店長打趣說，這星期的營業額，比上星期超出了兩成，一定是因為 Raymond 的功勞。Cammy 一班女同事，也暗地在交換 Raymond 的資訊。

　　例如，他今年 25 歲，8 月 11 日生日，星座是獅子座，現時一個人住在大坑。兩年前，曾經一個人在台北住了一年，他就是在那時候學到沖調咖啡的手藝，還有炒咖啡豆的技巧。平時他喜歡看電影、看書及看海，會跟朋友去踢足球，理想是有天可以擁有一間屬於自己的咖啡店。

　　至於現時的戀愛狀態，是單身、還是已經有另一半，或是有沒有喜歡的對象，喜歡怎樣的異性……這些情報，暫時仍未有人能夠打聽得到。

　　但嘉旻覺得，如果他有另一半，也不是出奇的事吧。

　　看他的外表這麼討好，又如此沒有架子。然後再想到，早兩天在地鐵站等他的那個漂亮女生……她忽然感到，自己內心有一股灰藍色的情緒在擾動。

　　下班後，她忍不住望回店內，這天 Raymond 值夜班，Cammy

一直站在他身旁和他說話。

嘉旻再一次叫自己不要多想。

第 15 日

黃昏，嘉旻如常準時下班。

卻想不到，Raymond 見狀，也說自己這天也是這個時間下班，請嘉旻等他一起離開。

他們從未試過等對方一起下班。她有點呆住，一個人站在咖啡店外等他。

其實這天她有補習課，要六點半之前去到觀塘，按照原本的計劃，她應該會剛好準時到達學生的家。但她現在竟然會留在門外，等 Raymond 換衣服出來。她不禁問自己，為什麼還要留在這裡空等。

幸好，Raymond 不一會便換好了衣服，走出店外對她說：

「不好意思要你等我。」

嘉旻搖搖頭，然後便提步離開。Raymond 跟在她的身邊，笑問：「這天又要為學生補習嗎？」

「是啊。」嘉旻猶豫了一下，又說：「六點半前，要去到觀塘。」

「啊，原來你趕時間。」

她聽得出，他的聲音帶著歉意，她連忙說：「沒有，我還有時間。」

「那我們還是快點走吧。」Raymond 笑道，加快了步速。過了一會，他忽然又說：「待會我想介紹一個人給你認識。」

「是誰呢？」嘉旻不由得好奇。

但 Raymond 沒有回答，兩人不一會就走到地鐵站。

嘉旻在遠處就已經看到，上次在同一個地點等 Raymond 的那

個漂亮女生。難道他是想介紹自己的女朋友給我認識？嘉旻心裡不禁變得有些緊張，同時也覺得有點無可奈何。

果然，當他們走近那個女生，Raymond 立即點頭示意向對方問好，然後他轉過身，向嘉旻這樣介紹：「她是 Christy，是我的妹妹。」

妹妹？嘉旻心裡愣住，下一秒又為了自己之前的胡亂推測，而感到啼笑皆非。Christy 一直看著她，像是也有點不知所措，嘉旻這才想起，還未自我介紹。於是她連忙笑道：「你好，我叫 Carmen，是你哥哥的同事。」

「你好。」

Christy 嬌怯怯地回道，不知為何，嘉旻感到自己對這個女生，突然生出一種莫名的親切感。

「你不是趕時間嗎？」忽然 Raymond 在旁提醒。

「啊，是的。」

Never to touch
and never to keep.

嘉旻連忙向他們揮手道別，然後往地鐵站走去。只是之後她又忍不住回頭，見到 Raymond 與 Christy 仍然留在原地，一邊笑著交談，一邊遙遙地看著自己。

　　原來他是特意要介紹自己的妹妹給我認識，所以這天才提出要跟自己一起下班嗎？嘉旻心裡如此亂想，但是又覺得這樣好像有點小題大作，Raymond 其實不用特意向她介紹 Christy，尤其是，他跟自己本來就不算熟稔，他們才認識了兩個星期，就只有過兩次單獨對話。

　　而之前自己還單方面猜想，Christy 應該就是他的女朋友。

Never to touch
and never to keep.

　　想到這裡，嘉旻搖頭苦笑一下，然後趕忙走進快要關門的地鐵車廂。

第 17 日

　　黃昏，又到了嘉旻下班的時間。

　　其實她早已換好衣服，可以隨時離開咖啡店。

只是她依然留在店裡，找了一些事情讓自己去做，又或是纏著 Cammy，跟她分享這天早上某個客人的有趣遭遇，又向她交代明天自己放假時，開店需要注意的事項。

　　即使 Cammy 表現得沒有太多興趣細聽，即使那些要注意的事項，嘉旻自己也覺得不太重要。

　　但她還是努力不斷拖延，希望可以留在咖啡店再久一些。因為她知道，這天 Raymond 應該也是跟自己一樣，在相同的時間下班。

　　可是十五分鐘過去，嘉旻已經找不到還有什麼理由留在店裡，但 Raymond 始終沒有想更衣下班的打算。此刻他依然留在吧檯裡，為客人沖調咖啡，偶爾還跟 Cammy 閒聊說笑，像是並不急著要下班或回家。

　　嘉旻看到，Cammy 與他聊天時的神情，比起這天下午自己主動和他說話時，還要投入和開心。而其餘的時間，Raymond 對自己的態度也像是愛理不理，彷彿是有心要疏遠自己，這讓嘉旻心裡更覺得不是味兒。

最後，她只得跟 Cammy 告別，一個人離開咖啡店。時間已經不早了，這天她其實也要為學生補習。她急步走往地鐵站，只覺得自己好傻。心裡不停反問自己，到底是為了什麼，到底自己是在期待著什麼。

第 18 日

這天，嘉旻不用上班，她心裡竟然感到有一點空虛。

她翻開手機的行事曆，看到明天才要幫學生補習，即是代表今天大學下課後，自己是完全地空閒。

午飯後，她獨自離開了大學，不想回家，也沒有想要去的地方。

乘車到銅鑼灣，她逛了誠品，也逛了好幾個沒有特色的商場，只覺得自己這天像是失去了方向。

然後在不知不覺間，走過了中央圖書館，去到銅鑼灣隔鄰的大坑，最後她在一間賣甜品的小店裡坐了下來。

她看著 menu 上的蛋糕，有些比自己工作的咖啡店所販售的還要昂貴。因為要存錢，她平時很少一個人去光顧這類甜品店。這天身邊沒有其他朋友，但她選了店裡最昂貴的巴斯克蛋糕。

　　巴斯克蛋糕很好吃，只是她沒有太細心去欣賞。店裡放著不知道是誰唱的歌曲，她心裡卻自己哼起了岑寧兒的〈空隙〉。

　　然後，她坐到差不多黃昏時段，離開了甜點店，天色已經開始變暗起來。街上傳來了不知道是哪一種花的香氣，讓她有一種懷念的感覺。她已經很久沒有遇到過這種感覺。

　　她按著原路，緩步走回銅鑼灣。在一個紅綠燈前，看著車一輛一輛在眼前駛過，她突然看到馬路對面，有一個熟悉的身影。但是她也很快發現，自己原來是認錯人，接著她也發現，自己心裡的失落感，變得比之前更加嚴重。

　　嘉旻知道，自己無法再逃避面對，心裡越來越濃烈的感覺與心跳。

第 25 日　1 月 5 日

「想不到你會有喜歡的對象呢！」

「怎麼你說得……我好像不會談戀愛似的。」

嘉旻看著 Angela，搖頭苦笑。

「你要知道，之前每次我介紹男生給你認識，但你的態度都總是拒人千里……就好像是覺得，我介紹給你的朋友是有毒似的。」說到最後，Angela 忍不住嘆了口氣。

「我只是……對你介紹的朋友沒興趣罷了。」

「我的朋友有什麼不好啊？」

「他們都不是你的前男朋友嗎？」嘉旻沒好氣地回道。

「那又有什麼問題啊？分手後，我和他們可是一直和好相處，好好地繼續做朋友。」Angela 一臉無辜。

「我只是不想關係變得這麼複雜……」

「只是認識朋友而已，你又想得那麼遠。」

嘉旻又搖了搖頭，她一直奉行寧缺勿濫的交友原則，而她也知道，Angela 的想法與她並不相同。

「好吧，那我們說回你的 Raymond 吧。」Angela 像是很好奇，笑著問：「你是喜歡他的什麼呢？」

嘉旻默默細想一下，才發現，自己其實也不太明白，為什麼會喜歡 Raymond 這個人。

是因為他沖調了，她喜歡的黑糖牛奶給自己嗎？是因為他也喜歡聽岑寧兒唱的〈空隙〉嗎？好像並不是這樣簡單和兒戲。

但真要說，自己和他之間，是真的發生過什麼特別的事情，而讓自己變得對他傾心，嘉旻再如何細想，也想不出一個究竟。

她不是沒有談過戀愛，知道一段愛情的開始，很多時是源於兩個人日夕相處之間的不知不覺，或後知後覺。

可自己和 Raymond，單獨交談的次數真的寥寥可數。雖然每天大家都在同一間咖啡店裡工作，但也只有工作上的簡短接觸。如果有人認真去觀察及分析他們兩人的關係，大概也只會被評定為「一般的同事」吧，就連朋友也算不上……不像他與 Cammy，已經熟稔得就像是已經認識了很多年的好朋友。

那為什麼，自己會喜歡他這個人呢？

「我想……我自己也不懂得怎樣解釋……可能是他給我一種感覺……總是會讓我不自覺地將注意力放到他身上，即使他沒有做過什麼事情、說過一些特別的話，但……嗯……我都不知道為何會變成這樣了……現在每天上班，我的目的都像是為了想要見到他，什麼薪酬、服務客人、工作的滿足感，我竟然覺得不是那麼重要了……而我認識這個人，才只不過三個星期而已……不長也不短，我這樣算是正常嗎？」

看到嘉旻如此坦然地剖白與苦笑，Angela 心裡也著實意外。她一臉認真地，作出以下結論：「這樣很危險呢。」

「我也知道繼續這樣下去，會很危險。」嘉旻苦笑。

「但你還是會好想去試，好想去靠近對方……是嗎？」

「嗯。」

「那麼，」Angela 輕呼一口氣，微笑問嘉旻：「你還有什麼顧慮呢？」

嘉旻低下頭來，想開口，但最後還是輕嘆一口氣。

第 21 日

平常，如果嘉旻上早班的話，她都會選擇在下午二點至三點、客人比較少的時段，出外用餐。

而 Raymond，就通常等到下午三點後，確保有晚班的咖啡師已經回店上班，他才會一個人出外用餐。

嘉旻有想過，改調到三點才去用餐，這樣就有可能在外面的餐廳遇到 Raymond。只是她又怕，這樣改動太過刻意，而且三點後，客人相對來說會比較多，所以她最後還是打消了這個念

頭。

然後這天，她在外面吃完午餐，看看手錶，兩點四十五分，於是她慢慢走回咖啡店。走到半途，她遠遠看到 Raymond 正迎面而來，想不到他這天提早了時間外出午餐。

只是嘉旻接著又發現，他的身邊竟然還有著 Cammy 的身影。Cammy 最近上晚班，通常在四點鐘才會回到咖啡店。想不到為了可以跟 Raymond 一起吃午飯，Cammy 竟然會特意提早回來。

最後，在自己就快會與他們碰面之前，嘉旻轉身走進一間便利店裡，假裝自己有東西要買，假裝沒有看到他們。

假裝，自己沒有半點心痛或難受。

第 22 日

嘉旻又再碰到，他們兩人相約一起去吃午餐。

跟昨天一樣，她又走到去便利店躲避，直至看到他們走遠。

然後，Raymond 會在三點半的時候，一個人先回到咖啡店。
而 Cammy 就會在大約十分鐘後，才在咖啡店出現。

第 23 日

　　嘉旻這天沒有食慾，沒有出外吃午飯。

　　不想再看到他們，不想再假裝沒看到他們。

　　Raymond 有問過她，為什麼這天不到外面吃飯。

　　她就只是讓自己輕輕點一下頭，不想解釋太多。

　　最後，Raymond 又提早時間出去用餐。看他踏出咖啡店，她
還是會感到一種難以言喻的心痛。

第 28 日

　　夜，嘉旻傳了一個訊息給 Angela。

「我想，我還是放棄吧」

「放棄什麼？」
「放棄 Raymond 嗎」

「嗯」

「為什麼要放棄呢」

「我覺得」
「他應該不會喜歡我吧」

Never to touch
and never to keep.

「你沒有試過，又怎麼知道啊」

「知道的」
「當你看到」
「他看著你的時候，和看著其他人的時候」
「那種目光，那張笑臉，是有著怎樣的差別」
「你就會知道，他其實有多想和你親近」
「其實，你始終不會是他最喜歡的人」

「你想得太負面了」

「只是在一旁觀看，是不會看得到」

「對方有多喜歡你，或是有多不喜歡你啊」

「就是因為我每天都可以在旁見到他」

「我反而更加能夠認清現實」

「連可以幻想的空間也沒有了」

「是這樣嗎……」

「嗯」

「那你真的可以就此放棄嗎」

「不放棄，也不行了」

第 33 日

「其實兩個人，由陌生變熟悉，並不一定真的需要發生過
一些特別的事情，才可以突破彼此的隔閡與距離啊。」

「你說得倒輕易。」

嘉旻看著他，苦笑回道。

「不是這樣嗎？你想想，例如你跟 Cammy，當初是怎樣變得熟悉的呢？」

「我跟她嗎⋯⋯她是一個很懂得照顧別人的女生啊，在最初我來到這間咖啡店的時候，她就教我如何沖調比較簡單的咖啡，在忙碌的時候，怎樣可以更快完成不同的工作。說起來，是她主動跟我聊天說笑，我們後來才可以親近得那麼快呢。」

「那為什麼，你們現在會開始變得疏遠呢⋯⋯」

聽到他這樣問，嘉旻忍不住又輕嘆一口氣，回道：「有些事情，也不是三言兩語，就可以說得清楚。」

「是嗎⋯⋯但其實，如果你主動跟她說話，我相信她不會不理會你啊。」

「我們現在已經變得很少談話了⋯⋯最多就只會生硬地打

招呼，每次當店裡只剩下我們兩個人的時候，氣氛就變得很古怪糟糕。」

「咦，我不覺得有這種情況啊？」

「你只顧著在吧檯裡沖咖啡、和客人聊天，你又怎會留意到我們的情況呢？」

「我有留意的啊。」

「才怪。」嘉旻對他做了一個鬼臉，又說：「其實我真的不想失去 Cammy 這個朋友……在咖啡店裡，她一直都是我最好的朋友。」

「那你就直接將這番心意告訴她知道啊。」

「我早說過，你就說得輕易，若要真的實行，可是多麼困難。」

「你們女生真的喜歡自尋煩惱……」

「也不想想誰是罪魁禍首。」

她盯著他說。

「誰啊？」

他卻好整以暇地，微笑回望她。

然後她發現，眼前的這一個他，他的這一張表情，是讓人感到那麼溫暖與溫柔，也讓她感到如此陌生與緊張。

然後她這才想起……自己是什麼時候，跟 Raymond 變得這麼熟稔啊？

但是他依然一直看著她，溫柔地微笑……她想再看真一點，他的目光裡，是否蘊藏著一些，自己還沒有真正明白的含意，只是就在這個時候，她夢醒過來了。她坐在床上，發現就只有自己一個人，外面天色尚未變亮，那種夢境與現實所帶來的落差，讓她更覺孤單。

她想起，自己已經很久沒有試過，做這一類的夢。在夢裡，

自己可以更坦率地，跟一個想念的人、平常不會聊天的對象，盡情地傾吐自己的心事。在那一個人面前，她可以暫時去做回真正的自己，終於可以找到一個人去接收，那一個膽小的自己。

第 40 日　1 月 20 日

　　這天是店長生日，一眾同事去了旺角的卡拉 OK，為店長舉行生日派對。

　　嘉旻本身不太喜歡唱卡拉 OK，但店長平素對她很不錯，例如遷就她的課堂時間、容許她下課後才回咖啡店上班，每次她突然要申請假期，店長也沒試過有任何推搪。因此當有同事問她，要不要參與店長的生日派對，她想也沒有多想，就答應了。

　　只是去到卡拉 OK 後，看到 Cammy 與 Raymond 總是黏在一起，一起唱歌，一起去拿食物，就連去洗手間也是一起相約離開房間……而 Cammy 像是故意在大家面前黏著 Raymond，像是想要宣告他們已經在一起，嘉旻就開始後悔，為什麼要讓自己去面對這一些難堪。

但時間再難過，十二點鐘還是過去了。大家為店長唱過生日歌，拍了大合照，吃了蛋糕，又嘈吵喧鬧了一陣子，派對已開始接近尾聲。因為明天咖啡店還是會營業，嘉旻與一些同事明早還是要上早班，所以到了凌晨一時，店長就提議結束派對。

　　結賬後，嘉旻隨著其他同事走出卡拉OK。因為地鐵末班車已經開出了，所以有些人選擇乘搭紅色小巴回家，有些就直接截的士。嘉旻住在土瓜灣，就只有小巴可以載她回去，於是她與其他同事告別，一個人走到彌敦道等車。

　　天氣有點冷，她在雙手裡呵了一口暖氣，忽然背後傳來了Raymond的聲音：「不如我送你回家吧。」

　　送我？Raymond？嘉旻立即轉過身，只見Raymond就如平常一樣，溫文從容地微笑著，站在她的身後。

　　「你⋯⋯不是要送Cammy回去嗎？」嘉旻問他，離開卡拉OK後，她見到他們仍是形影不離，她本來以為Raymond會送Cammy回家。

　　「她男朋友會送她回去。」

男朋友？原來 Cammy 有男朋友？嘉旻很意外，因為自己過去一直沒聽說過 Cammy 有交往或喜歡的對象，更沒有聽她提起過自己的戀愛情況、假期會與男朋友約會這類事情。

她再看看 Raymond，只見他依然在微笑，臉上像是沒有半點不悅或消沉。接著他又說：「這天我有駕車，你住在哪裡？」

「我⋯⋯住在土瓜灣。」

「那很近啊，我送你回去吧。」

然後他向她招招手，轉身就走。嘉旻沒有拒絕的機會，於是只好跟在他身後。走了大約幾分鐘，他們去到附近的一個停車場，Raymond 的坐駕是一輛白色多用途車，他讓嘉旻坐在副駕駛座，不一會他就已經將車子駛出停車場。

嘉旻小時候，經常都會乘坐父親的車子，一起四處遊逛，她擁有相當豐富的乘客經驗。因此在 Raymond 開車不久後，她就知道他是一個駕駛技術不俗的司機。她暗暗打量車廂內的佈置，沒有任何掛飾或擺設，就只有一個小小的透明香氛座，散發著淡淡的白蘭花味道，這讓嘉旻的心情逐漸平復起來。

車子很快便駛出旺角，兩人仍是沒有太多說話。他按了一下車內的觸控螢幕，喇叭響起周杰倫的一首舊歌〈最長的電影〉。當嘉旻聽到「愛是不是 不開口才珍貴」這句歌詞時，她忍不住望了 Raymond 一眼，碰巧在這時候，他的目光也與她對上。

　　「你喜歡周杰倫的歌嗎？」他笑問。

　　「以前比較喜歡。」

　　「我也是。」

　　「《十二新作》那一張碟後，我就開始少聽他的歌。」

　　「最耐聽還是《七里香》與《我很忙》這兩張大碟。」

　　「還有《尋找周杰倫》裡的〈軌跡〉。」

　　「這首歌我也是經常重播。」

　　「嗯，可惜電影不賣座呢。」

Never to touch
and never to keep.

「嗯……」

嘉旻沒有想過，這天晚上，自己竟然會跟他談論起周杰倫，而且彼此的看法竟然是如此相似。這時候，車子已經駛到土瓜灣附近。Raymond 問她：「你是住在哪一條街呢？」

「落山道。」

「小巴站附近嗎？」

嘉旻輕輕「嗯」了一聲，想不到他這樣熟悉土瓜灣的路況。三分鐘後，車子在落山道一個車位停了下來。她向 Raymond 道謝，準備解開安全帶下車，但他也跟著解下安全帶，對她說：「夜了，我送你上樓後，才離開吧。」

她原本想說不用，但因為實在太突然，一時反應不過來，Raymond 反而比她更早打開了車門，離開了車廂。她只好也跟著離開車廂，對他說她可以自己回去，但是他就只是微笑搖搖頭，鎖了車門，就隨著她的腳步走。

已經不知有多久，嘉旻沒有讓異性送自己回家，她的心裡

既緊張，又夾雜著一點莫名的抗拒。她拿出鎖匙，打開大廈的鐵閘，這時 Raymond 忽然問：「原來你是住在益豐大廈嗎？」

她回頭向他點點頭，不知道他為何會這樣問。

想不到，他接下來這樣說：「以前我有時會來這幢大廈拍照呢。」

「拍照？」嘉旻不明白，自己自幼所住的這幢殘舊大廈，有哪些地方值得去拍照。

Never to touch
and never to keep.

「你不知道嗎，不少電影都曾經來過這裡取景啊。」他的表情像是有點意外，又說：「之前外國拍的《變形金剛》電影，講述香港的情節，有些地方就是在這幢大廈的天台拍攝。」

「我沒有去過天台呢……」

「你沒去過？」

嘉旻點點頭，她從小就以為，天台是不會開放，而且她住在低層，她從來沒有想過天台會有什麼好看。

Raymond 卻訝異地看著她，又古怪地對她微笑了一下，然後說：「那現在我帶你去看看吧。」

「去看看……現在？」嘉旻不敢相信。

但他沒有回答她，就只是按動電梯，拉著她進入電梯裡，然後不理她的反應，按了電梯最高樓層的按鈕，電梯門立即關上。這時候嘉旻的腦袋還是無法反應過來，因為這晚所發生的一切，早已經超出了她的預期。

不一會電梯去到頂層，Raymond 反而像是導遊一樣，帶著嘉旻這位住客走到電梯旁邊的樓梯，上了一層樓，然後去到天台。

她原本有點害怕，天台應該會黑沉沉一片，可能會有危險，又或是會像大廈某些地方那樣髒亂。但想不到，沿路沒有太多垃圾廢物，打開天台的大門後，雖然沒有電燈，但憑藉附近街道與天橋的路燈餘光反映，以及一些來自不遠處的高幢屋苑住戶仍未關上的點點燈光，她還是可以依稀看到天台上的路，看到一些應該是住戶晾曬的衣服，還有在天台的另一邊，有三、四個人坐在牆欄上聊天。

她忍不住也走近牆欄，往大廈下方看過去，認得是剛才自己下車的落山道，但這也是她第一次用這種角度，來觀看這一個從小到大所居住的地方。平時走在街道上，她總是會覺得人車密集，周圍就只有很多待重建的舊樓，沒有太多值得觀賞的地方。但現在夜已深，路上沒有太多車輛與行人，她只覺得眼前的這一個土瓜灣，那些平時看似沒有特色的舊樓，竟然有一種說不出的美。

　　「怎樣，有想過自己所住大廈的天台，原來會有著這樣的景致嗎？」Raymond 走到她的身邊問。

　　「為什麼你會知道這一個地方？」她反問他。

　　「以前有一位喜歡電影的朋友帶我過來看，所以就知道了。」他笑了一下，又說：「但是以前我從未在附近碰見過你呢。」

　　嘉旻忍不住笑，又問：「你經常來這裡的嗎？我也沒有見過你啊。」

　　「嗯……每年都會來兩、三次吧，上一次是半年前。」

「就只是為了來這個天台？」

「附近還有些街道與建築物，其實都很有特色，很值得用照片記錄下來啦。」

「嗯……你很喜歡攝影嗎？」

「也算不上，只是看到美好的事物，就會想記錄保留下來。」

果然是文青呢，嘉旻心裡忍不住想。

後來兩人在天台又聊了一會，Raymond 送她回去自己所住的單位。她叮囑他待會駕車要小心，他微笑點頭答應，然後就輕輕轉身離開了。

關上門後，她挨著牆壁，默默再回想一遍，這晚所發生過的一切，只覺得充滿意外與奇妙。彷彿只要可以留在他的身邊，再簡單平凡的小事，也是最值得討論和分享的大趣事。自己就像是戴了一副濾鏡，所有事物的色彩，都變得不再一樣。

她拿出手機，打開 WhatsApp，想傳送 Raymond 一句「謝謝」，然後她才想起，自己之前從來沒有與他傳過短訊。

她搖搖頭，輕嘆一口氣，想放下手機，去拿取衣服到浴室洗澡，這時手機卻震動了一下，是 Raymond 傳來的「晚安」。她不禁喜出望外，但還是在五分鐘過後，才可以鼓起勇氣，按鍵回傳他一聲「晚安」。

第 41 日

後來，嘉旻一直等他「已讀」自己的訊息，等到凌晨三時，忍不住睡著了，但還是沒有等到，也得不到他的回覆。

第二天早上，她如常回到咖啡店上班，只覺得一切仍然很不真實。

這天 Raymond 剛好休假，她知道自己整天都不會見到他。

而 Cammy 也是一樣，她上星期已經跟店長申請這天要請假，而店長也立即批准了。

當時嘉旻在旁默默靜聽著這一切，她還記得 Cammy 確認假期申請獲批後，馬上走到 Raymond 旁邊時的歡喜模樣。

　　不知道他們這天是不是有約呢？

　　越是亂想，就越是感到不安。

　　明明早就叫自己應該要心如止水。

　　來到這天，為何還是會不自禁地，一而再想得太多……

第 42 日

　　午飯前，嘉旻收到 Raymond 的短訊。

　　「待會一起午飯好嗎？ :) 」

　　她望向水吧，只見他在跟客人聊天，又看了自己一眼，於是她簡單的輸入「好」，就繼續去工作。

到了兩點鐘，嘉旻換過衣服，跟同事交代一聲，就離開了咖啡店。她今早原本打算去吃漢堡當午餐，但她不知道 Raymond 的喜好如何。她在離咖啡店不遠的轉角等了一會，終於見到他出來。彷彿有心靈感應一樣，他立即就發現到她的身影，於是笑著向她跑去。

「想吃什麼呢？」他第一句就這樣問。

「沒什麼特別想吃……」嘉旻微笑了一下，反問他：「你呢，你平時午飯，都會去吃什麼？」

最後他們去吃了日式刺身丼飯，一間嘉旻以前沒有想過會光顧的餐廳。

第 44 日

嘉旻與 Raymond 又再一起吃午飯。

這次跟上一次有些不一樣，他是親口直接問她要不要一起午飯。

之後他們去了 Raymond 提議的一間海南雞飯店。

第 48 日

嘉旻一直都好想問，為什麼近來 Raymond 沒有再和 Cammy 一起午飯，反而經常來邀約自己。

但是每一次她又會覺得，還是不要問比較好。

和他午飯，其實也沒有太多特別的事情發生。他通常會帶她去自己之前常去光顧的餐廳，介紹那間餐廳有什麼好吃。點了食物後，兩人就會有一搭沒一搭地聊天，例如說說今天店裡發生過什麼事，又或是各自拿出手機，分享在 Facebook 與 Instagram 看到的有趣新聞或短片。

對嘉旻來說，自己終於和他交換了 Instagram，是兩人關係進展的一個重要里程碑。她之前其實也早已從其他同事得知他的帳戶 ID，但一直都不敢按下「追蹤」鍵。他的 Instagram 帳戶裡有超過一千三百八十二張相片，大部分都是風景照，再配上一兩句歌詞，或是書本或名人的金句語錄。這兩晚她都很晚才去

入睡，就只為了逐張細看那些相片與文字，彷彿這樣就可以了解多一點他內心的想法。

午飯後，如果還有時間，他們試過到附近的公園散步，又或是到商場的夾公仔機店舖去夾公仔。嘉旻發現 Raymond 原來是夾公仔達人，每兩次投幣，就幾乎會有一次夾到想要的公仔。

她問他以前是否經常夾公仔哄女朋友、才會功多藝熟，而他就只是笑而不語。

第 49 日

Cammy 已經有一整個星期，沒有主動和嘉旻聊天。就連點頭打招呼也沒有。

彷彿是不認識的人，也彷彿是仇人，每次在嘉旻面前，她都會刻意收起笑臉。如果原本是在與其他同事說話，但是嘉旻中途加入的話，她會不再說話，直到嘉旻走開為止，才會繼續說下去。

其他同事都有留意到這種情況，有人問嘉旻，她們發生過什麼事，但嘉旻自己也不真正明白，Cammy 為什麼會對自己越來越冷淡和疏遠。

難道是因為 Raymond 約她午飯嗎？但在 Raymond 約她之前，Cammy 其實就已經開始對自己採取敵視的態度。只是嘉旻也無法將這些轉變與內情向其他人說清楚，每次她都只懂得以苦笑當作回應。

而過去這個星期，Cammy 也像是比以前少去找 Raymond 聊天。

她不知道他對這樣的轉變會有什麼想法，她也不敢向他探問半句。

第 50 日

這天早上，Raymond 在 WhatsApp 傳了一個訊息給嘉旻，說不能和她一起午飯。

她沒有問他原因，心想他應該是有其他事情要做吧，於是就回了他一個「ok」。

後來午飯時，她一個人出去吃漢堡。她一邊吃一邊回想，早兩天和 Raymond 吃漢堡時，他的嘴角一直沾著一顆芝麻的有趣模樣，但他自己沒有發現，還要一本正經跟她介紹各種咖啡拉花技巧。

吃完後回程去咖啡店，嘉旻見到一個久違的場面 —— Raymond 從遠處迎面而來，他身邊有著另一個人，就是本應在四時才要上班的 Cammy。他們兩人邊走邊笑，像是依然沒有發現嘉旻就在前方。

最後，嘉旻沒有躲進便利店，就只是低下頭，從他們的身邊默默走過。Raymond 像是有看到她，又好像沒看見，因為嘉旻聽不見他跟自己打招呼。

但是她不會忘記，Cammy 在經過自己身邊時，那一抹目光，是有多麼冰冷。

第 53 日

「之後就算 Raymond 再約你午飯，但是你也沒有再回覆他嗎？」

「也不是沒回覆，我只是回他，我有其他事要做。」

這天嘉旻放假，Angela 約她去逛街購物時，又再問起她跟 Raymond 的近況。

「那他其實也不是沒有再主動約你呀。」Angela 說。

「但其實他也只不過是約我吃午飯……就只不過是同事之間的邀約。」

「對啊，你自己也懂得這樣說。那為何你又要因為看到他與 Cammy 一起午飯，而讓自己想得太多呢？」

「我只是不想再看到 Cammy 那種目光……好像是敵人那樣。」

「那麼，你沒有和 Raymond 午飯，他就改約那個 Cammy 午飯嗎？」

「是的……」

「因為這樣，那個 Cammy 每天又特意提早回去咖啡店，是嗎？」

「是的。」

「但那個 Cammy 本身是有男朋友的吧？」

「其實我也不清楚……只是 Raymond 這樣說而已。」

「那麼，就算她有沒有男朋友都好，最重要的是，你是真的喜歡 Raymond 吧？大家公平競爭，為什麼你會首先變得退縮起來，結果讓對方有機可乘呢？」

嘉旻聽見這番話，茫然的不知如何回答。

第 60 日

夜深，嘉旻準備上床入睡，手機忽然收到了一個訊息。

「睡了嗎 :)」

是 Raymond。

她猶豫了兩秒後，回道：

「還沒」

「那麼，要不要吃糖水？」

「吃糖水？」

「我買了芝麻糊，你喜歡芝麻糊吧」

「還可以」

「那麼，現在天台等 :)」

現在？天台等？嘉旻的腦袋一時間無法思考，她立即傳他一個「？？」，只是 Raymond 沒有再回覆。

　　嘉旻連忙換了一件比較好看的上衣，對著鏡子梳好頭髮，然後靜悄悄走出大廳，幸好母親已經在房裡入睡。她輕輕關上家門，搭電梯上到頂層，沿著上次的路走到天台。

　　天台上沒有人。嘉旻忍不住取笑自己的自作多情。只是當她轉身，卻又看到 Raymond 正在走向自己。於是她停下腳步，等著他步近。他向她晃晃右手拿著的白色膠袋，然後去到上次兩人所站的牆欄位置，將膠袋裡的兩個塑膠碗拿出來。

　　「這麼晚，你是在哪裡買到芝麻糊？」嘉旻好奇問。

　　「你不知道附近有一間糖水舖，會開得很晚嗎？」他看著她苦笑了一下，又說：「看來你平時很少留意自己所住的這個地區呢。」

　　嘉旻沒有回答他。對她來說，這裡的確只是一個有一張床、可以讓她入睡的地方，而不是完整的一個家。與其說她沒有留

意自己所住的這幢大廈，還有附近周遭的事物，不如說她不想對這個地方再投放更多感情。

過了一會，她又問：「那麼，你這晚又來這裡探險嗎？」

Raymond 搖搖頭，將一碗芝麻糊遞給她，笑答：「我已經來過這裡無數次了，還有什麼地方值得探險。」

「是嗎？」

「我是來找你的。」

「找我？」

嘉旻淡淡地問，但心裡其實充滿緊張與期待。只是他接下來的話，又讓她如墮霧裡：「因為我想吃芝麻糊，所以就來這裡找你了。」

「……因為芝麻糊，所以來找我？」

他看著她，微笑點一點頭，然後用匙羹舀了一口芝麻糊，

邊吃邊說：「你不覺得，我們身處這個天台，一起吃著美味的芝麻糊，看著這一片其他人也沒發現到的景致，是一件很浪漫寫意的事情嗎？」

「……我是第一次聽見，有人將『浪漫』這個詞語，與我家的天台連繫在一起呢。」

「浪漫並不是只與愛情有關啊，有沒有想像力，才是最重要。天台可以用來晾衫、存放雜物，但其實大家也可以在天台聊天談心、賞月看星、吃芝麻糊，為自己與重要的人留下一些特別的回憶。」

「那……現在我也是你回憶裡的其中一部分了？」

「是啊。」

他確定地向她點頭。

嘉旻有點慶幸，此刻四周的燈光不太明亮，他應該沒有發現到她的臉紅。

第 62 日

想了半小時，嘉旻還是答應，這天和 Raymond 去吃午飯。

昨天看到他與 Cammy 吃完午飯後一起回來，嘉旻開始覺得，他其實只是想有一個人陪自己吃午飯，而不是真的很在意那一個人是誰。

所以她後來也沒有問他，自己上星期一直沒有答應和他吃午飯，他會不會曾經覺得有一絲奇怪。

如果問了，也只會讓他察覺到自己的軟弱、幼稚與卑微吧。

那倒不如不要勉強再問，繼續學習適應和習慣，這一種曖昧不明的快樂與不安。

第 63 日

雖然已經努力叫自己要學習平常心。

但當嘉旻知道，這天 Raymond 又再約 Cammy 午飯，而自己是在傳了短訊給他、問他要不要一起午飯後，才被他告知⋯⋯她就不由得變得消沉起來。

　　如果自己早一點約他，他是否就不會約 Cammy？

　　還是他會拒絕自己，因為他本來這天就是想約 Cammy？

　　又或是其實是 Cammy 主動約他？

　　她越來越討厭，因為這樣的小事，而一直胡思亂想的那個自己。

第 65 日

　　2 月 14 日，情人節。

　　今天 Raymond 剛好輪休。

　　Cammy 也一早申請了假期。

嘉旻整天在咖啡店裡上班，看著很多一雙一對的客人，還有無數客人帶來的禮物、鮮花和朱古力，她想起自己已經很久很久沒有慶祝情人節，沒有為自己喜歡的人，付出一些什麼，期待一些什麼。

然後越是亂想，越是會變得思念，越是會感覺到孤單。

第 72 日

這天 Raymond 請了病假。

這是他第一次請病假。嘉旻知道他昨天有點感冒，昨晚和他在短訊聊天時，還提醒他要記得吃過成藥才睡。他當時有回應「好」，只是不知道他最後有沒有真的聽自己的話。

她在訊息裡問他「你還好嗎」，然後到了下午四點，她才看到他已讀了自己的訊息，只是之後他一直已讀不回。她唯有猜想，他是需要休息，所以才沒有回覆自己的訊息。

下班後，她有想過打電話給他，但又擔心會打擾他入睡。

為學生補習的時候，她總是會暗暗偷看手機，怕自己會錯過他的訊息或來電。但其實他從來不會在她補習的時候傳訊息給她，更別說會打電話。

第 73 日

下午時分，嘉旻收到了 Raymond 的訊息。

「下班後，你可以幫我買些東西，然後送來我家嗎 :)」

看到他這樣問，她立即處理好手上的工作，然後走到休息室，回覆他的訊息：

「可以啊，你想我買什麼？」

「幫我買些感冒藥，一袋葡萄乾麵包，兩個蘋果」

「這樣就夠了嗎？」

「夠了 :)」

嘉旻看著他的回覆，忍不住嘆了一聲。

接著，他告訴她自己的住址，然後又說：

「我怕你來到時，我睡著了聽不到你的按鈴聲，所以請你去到水吧，在咖啡機底下我放了一串備用鑰匙，你就用它來開門吧」

後來，嘉旻趁著其他人沒有注意，在咖啡機底下找到 Raymond 的備用鑰匙。她很意外他竟然會將鑰匙放在那樣的地方，而且還願意將這個秘密告訴自己。

下班後，她再次打電話給補習的學生，跟對方確認今天晚上的補習要改期。接著她截了的士，直接去到大坑，在超級市場買了感冒藥、麵包、罐頭和一袋蘋果，又在一間粥店買了一碗瘦肉粥。從粥店離開的時候，天色已經完全昏暗下來。

然後她帶著這些東西，去到他所住的大廈，那是一幢四層高的舊樓，Raymond 住在二樓。她走了四十級樓梯，去到他住的樓層，見到一道淺藍色的大門。她掏出鑰匙，扭動了兩圈，第一次踏進了他的家。

甫打開大門，就聽見了輕微的音樂聲，她很快就認得那是周杰倫的〈軌跡〉。她輕輕關上大門，走過玄關位置，見到廚房就在左首。大廳亮著一盞黃色的燈，盡頭是一扇極大的玻璃窗，可以清楚看到樓下的街道與路人。然後她發現，自己之前去過的甜品店，原來就是在他家的對面。

　　她走過書櫃，進入他的睡房，只見他正躺在米白色的床上沉沉睡著，床頭櫃上還殘留著一小杯的水，以及感冒藥的包裝袋。於是她回到大廳，將麵包與瘦肉粥放在餐桌上，到廚房將蘋果拿出來沖洗，又打開冰箱查看裡面存放了哪些食物。

　　這時喇叭又再重複響起了〈軌跡〉的前奏，她猜想這首歌大概可以幫助他安眠入睡。她想過要喚醒他，但最後還是沒有，就只是為他床頭的水杯添了新的清水，將新買的感冒藥、瘦肉粥、麵包及一顆蘋果放在旁邊，然後坐在大廳的藍色沙發上，一邊撥著手機螢幕，一邊留心睡房內的呼吸聲。

　　到了晚上八時，他終於醒了過來，她走進房內跟他打招呼，然後才發現他已病得沒力氣說話。她用溫度計為他量體溫，三十七點八度，他苦笑說早上曾經去到三十九度。她問他有沒有食慾，他勉力搖搖頭。她嘗試餵他吃瘦肉粥，可是吃了兩口

他就不想再吃。他說想吃蘋果，於是她立即到廚房將蘋果削皮切開，用一個大碗盛著，然後回到睡房用叉子餵給他吃，不一會他就將一顆蘋果吃完了。

之後他吃了感冒藥，說開始感到睡意。他著她快些回家，對她說他可以照顧自己。她心裡不信，但還是聽他的話，幫他收拾好一些雜物與垃圾，然後在九點半離開他家。

臨離開前，她問他要不要幫他按鍵停播〈軌跡〉，他呆了一下，然後就對她微笑搖搖頭。她知道對他來說，這首歌應該有著重要的意義。以前有一次，她病得死去活來、但無人可以照料自己的時候，就是不斷重播王菲的〈我願意〉，讓她找到最後一點的心靈慰藉。

那是她父親還在世時，他最喜歡聽的一首歌。

第 74 日

清晨，嘉旻在 WhatsApp 向店長請了半日假，得到店長批准。然後她去超級市場買了啤梨、香蕉、菜心、火腿與通粉，

還有一大瓶寶礦力，再乘的士前往大坑。

　　早上九點，她去到 Raymond 的家。沒有音樂聲了，他還在睡房裡睡覺。她點算一下昨晚買的食物，知道他昨晚吃了一個葡萄乾麵包。於是她將新買的食材放好，到廚房將火腿片切粒，又燙熟了菜心，煮了通粉，最後才回到睡房，嘗試去喚他起床。

　　這天他的精神比昨天稍好，燒已經退了，但說話還是有氣無力。嘉旻知道他現在應該是元氣不足，需要慢慢進食來補充體力。於是她坐在床邊，耐心地一口一口餵他吃火腿通粉，之後又切了一顆蘋果給他，這時他已經可以自己用叉子刺蘋果來吃。

　　吃完藥後他開始渴睡，嘉旻跟他說今天晚上會再來探他，他點頭說好，並對她微微笑說「謝謝」。

第 80 日

　　這星期，每天嘉旻都會去 Raymond 的家探望他。

　　通常是在下班之後，有時是早晚各一次。

他的身體漸漸復原，也有了食慾。嘉旻每次都會到他喜歡的餐廳買食物給他，偶爾也會親自為他下廚。他說他永遠不會忘記，她為他所烹調的火腿通粉味道。

然後到了這天，病已好得差不多了，他跟嘉旻說，打算明天就回咖啡店上班。

她於是將備用鑰匙交回給他，他卻笑著對她搖頭，說讓她繼續保管這串鑰匙。

理由是，因為她已經是他最信任的好朋友。

第 357 日

「說起來⋯⋯那時候，為什麼你不找你妹妹去你家照顧你啊？」

「那時候？」他回望她一眼，然後立即明白她的話裡所指，於是笑答：「她那時候去了韓國追星啊，說什麼也不會回來，我看除非是我死了，她才會勉為其難回來參與喪禮。」

「……你們的感情原來是這麼差嗎？」

「你以為呢？」

「那……為什麼你那時候是會找我，而不是找 Cammy 呢？」

「沒什麼特別原因啊，就只是覺得，你會比較懂得照顧病人吧。」

「原來是因為我比較像阿四……」

他沒再說話，就只是向她做了一個鬼臉。

第 88 日

在同事之間，開始流傳這個緋聞：Raymond 與嘉旻已經在一起了。

因為每天，他們都會相約一起午飯，甚至一起在同一時間下班。

有同事更說，Raymond 每次都會駕車送嘉旻回家。

但實情是，就只有一次，那天 Raymond 下班後約了朋友在觀塘區，他剛好有駕車，於是順路送嘉旻去觀塘為學生補習。

也有傳言說，他們每天都會談數小時電話，就像是熱戀中的情侶。

而實情是，他們下班後，每晚都會在短訊聊天，次數是比以前更多，但也不是「秒回秒答」那樣頻密。每晚臨睡前，他們都會在短訊裡跟對方互道晚安。但就只是如此而已。

嘉旻不知道，這算不算是兩人關係的一種昇華。

她感到自己被他越來越重視，感到他對自己打開了更多的心扉，他是真的將自己當成一位值得信任的好朋友，而他也會比從前更想去了解自己的生活與想法。偶爾她會為此而感到有些飄飄然，但她還是會提醒自己，這樣的曖昧親密，其實也可以不代表什麼。

Never to touch
and never to keep.

第 89 日

　　嘉旻無意間聽到其他同事提起，Cammy 原來上星期向店長遞了辭職信。店長有挽留過，但最後她還是決定離開。

　　「對了⋯⋯」

　　晚上，她與 Raymond 談電話提到這件事時，他忽然問：「你和 Cammy 近來怎麼好像變得⋯⋯越來越疏遠？」

　　嘉旻心裡想，原因不就是因為你嗎？同時間心裡又有一種奇怪的感覺，覺得自己好像有經歷過相似的情景。她回道：「有些事情我也不知道應該如何去說清楚。」

　　「是嗎⋯⋯但其實，如果你主動跟她說話，我相信她不會不理會你啊。」

　　聽到他這一句說話，她終於想起，眼前的情景為何會這樣似曾相識，因為自己曾經就在夢裡，夢見過這一幕。

　　「喂⋯⋯喂？」

「嗯？」

「為什麼你突然不說話啊？」

「都是因為你不好！」嘉旻衝口而出。

「呃？」

第 90 日

下班後，Raymond 突然約嘉旻去看電影。

她告訴他，這晚要幫學生補習，他說可以等她，他會先去買九點半的電影票，看電影前還可以一起吃晚飯。

最後她還是答應了。她接著才想起，這是他第一次正式約她上街。原來自己已經認識他三個月了。

看完電影後，已是深夜。這天他沒有駕車，但他還是主動提議送她回家。兩人坐在小巴裡，有一搭沒一搭地聊起各種話

題，但是不知為何，她總是感到自己無法將話題聊得更深。

下車後，他提議去吃芝麻糊，然後她才知道，上次他們在天台吃的芝麻糊，原來是來自離她的家只有五分鐘路程的一間小店，以前她從來沒發現那兒有賣芝麻糊。

吃完芝麻糊後，他送她回家。臨別前，她叮囑他回家時要小心。他說回到家後會傳訊息給她。之後等到凌晨兩點，她才等到他的晚安。

第 100 日　3 月 21 日

今天是嘉旻生日。

這天她不用回咖啡店上班。她沒有特意向店長申請假期，就只是剛好在這天輪休而已。

本來早上要回大學，處理畢業論文的事情，但是教授昨天臨時更改了時間。晚上也不用為學生補習，因此嘉旻這天反而比平時變得更加空閒。

「生日快樂！」

但想不到當嘉旻踏出家門，打算到附近的茶餐廳吃午飯時，Raymond 就已經站在門外向自己祝賀，雙手還捧著一個白色的盒子。

「你⋯⋯為什麼會在這裡啊？」她記得他今天要上班，心裡難掩驚喜。「你⋯⋯一直在這裡⋯⋯等我出門嗎？」

「一會兒而已，不過⋯⋯」他將手上的盒子輕舉一下，說：「裡面的東西不能再等了。」

於是他們去了天台。她將盒子打開，裡面原來是一個雪糕生日蛋糕，是她喜歡的伯爵茶味道。他為她唱了生日歌，她許願吹了蠟燭，兩人就在太陽底下，嘻嘻哈哈地將蛋糕吃完。

後來她發現，他原來帶了一個很大的冰袋，裡面放了很多乾冰，所以蛋糕被她打開時，可以依然保持完好，沒有半點融化。

她不禁感動起來，因為她沒有主動跟他提起過自己的生日，

她以為他應該不會留心或在意。在這天之前，她一直都不能確認他的想法、他對自己有沒有一點愛情的感覺，有時她會覺得他只是需要一個伴，是她或是 Cammy 也不重要。有時她又會覺得，自己其實沒有真正走進他的內心世界，自己就只是一個會對他好、關心他的朋友，但不等於他真的想重視她。直到這天，他特意來為自己慶祝生日，她才開始敢去相信，他對自己有一定程度的重視，自己並不是隨便一個可以說散就散的過客。

「明年你想吃什麼生日蛋糕呢？」

「這麼快就說明年嗎？」

Never to touch
and never to keep.

「我要去做準備的啊，你知道嗎，為了製作這個伯爵茶蛋糕，我花了多少個晚上才成功呢！」

「原來是你自己親手做的嗎？」

「難道你以為是在外面買的嗎？」

她無法回答，因為已經感動得說不出話來。當下心裡有一絲衝動，想要親吻他的臉作為答謝，可是在兩秒之後，她還是

猶豫了，還是選擇默默地聽著他製作蛋糕的過程、他為自己所花過的種種心思。那刻她覺得，自己是這個世界上最幸福的人。

如果這份幸福可以一直延續下去，如果可以一直伴在他的身邊，就好。

第 465 日

夜深，她一個人來到天台，倚著牆欄，輕輕的跟自己說了聲「生日快樂」。

默默的，一個人回味去年的這個時候，思念那一個不會再見的人。

第 121 日

這天難得兩人一同放假，於是 Raymond 駕車，載嘉旻四處遊逛，來個港島一日遊。

早上，他們去了香港仔吃一口西多士，之後就往淺水灣及赤柱出發，在赤柱市集喝咖啡，去石澳的情人橋看海浪，中午時分，再到筲箕灣排隊買雞蛋仔和沙嗲串燒做午餐。

下午，他們到上環的源記吃雞蛋糕和紅豆沙，在大館為她拍了很多張沙龍。之後他再駕車回到數碼港附近，在一個她從未去過的海岸前，看夕陽在地平線上緩緩落下。

然後，在夕陽快要完全消失前，他輕輕牽起了她的左手。

她一直讓他牽著，感受他手心傳來的溫暖，直到天色全黑，他要駕車離開為止。

第 125 日

他提議，等她遲些大學畢業後，有一段時間她應該會變得比較空閒，到時不如一起去外國旅行。

她說好，然後他提出想去日本、台灣、韓國、新加坡。這些地方她都沒有去過，因為之前一直想要存錢，而且學業與兼

職已經佔去她所有心力與時間，所以她對旅行總是沒有太大的興趣。

但是她知道他想去，漸漸她對旅行這件事，也變得越來越期待起來。

第 156 日　5 月 16 日

在銅鑼灣看完電影後，Raymond 邀嘉旻到他的家坐坐。

Never to touch
and never to keep.

這是他第一次正式邀請她到訪。雖然之前他生病時，為了照顧他，她已經去過他的家很多次。但是在他病好之後，她就沒有再去過他的家。她依然有保留他的備用鑰匙，不過她也沒有想過要使用它。

相隔了兩個多月，再次踏進他的家，她只覺得沒有太大的改變，包括大廳電視機旁，那一幅自己貼的電影海報。

那時候，她經常留在大廳裡等他醒來，當她坐在沙發上，目光就會首先看到，電視機旁邊的牆紙已經破爛，露出裡面的

墨綠色牆身，與大廳的灰白藍色調格格不入。有一天，她在書櫃旁邊找到一幅《安娜瑪德蓮娜》的電影海報，她心裡一動，發現剛好可以用來將牆紙的破爛處完美遮蓋。後來他病好後，看到牆壁貼著海報，也沒有過問半句，就讓她繼續將海報貼在那裡。她沒想到，直到現在他也沒有將海報換走。

這天晚上，他留她在這裡過夜。

他們在窗前，一邊喝酒，一邊分享自己從小到大的各種事情。他告訴她，自己小時候不是跟父母一起生活，他與妹妹一直寄住在爺爺的家。因為父親的關係，親戚們都不喜歡他們兩兄妹，有時會無故打罵他們出氣。所以他們自小就懂得觀察大人的臉色，也學會如何互相照顧對方，相依為命。

於是嘉旻也告訴他，八歲的時候，自己的爸爸因為交通意外而過世，她與母親兩個人一起生活。只是因為母親變得要經常出外工作，聚少離多，兩人的感情也變得越來越疏離。四年前，母親在深圳遊玩時認識了一個男人，兩人開始走在一起，去年對方更提出要娶母親過門，但嘉旻覺得那個男人只是想拿到在香港居住的資格。為此她與母親吵過幾次架，到最後始終都得不到共識，也沒法子再和好如初。她知道母親已經決心要

跟那個男人在一起，於是她就想要自己搬出去住，希望可以過獨立自主的生活。

他聽完後，笑說她可以住在這裡啊，因為她也有這裡的鑰匙。她不知道他是認真還是說笑，因為他之後就沒有再和她繼續說下去，就只是牽著她到樓下買宵夜。

那天晚上，他們第一次接吻，然後牽著手睡覺。

她原本以為，他會跟自己做愛，但是他就只是一直牽著她的手，好緊好緊。

Never to touch
and never to keep.

第 178 日

「那其實，你們現在算是什麼關係呢？」

Angela 問。

「我⋯⋯我也不知道。」

嘉旻苦笑。

第 172 日

下班後，嘉旻在往地鐵站的路上，碰到了已經很久沒見的
Cammy。

Cammy 也有看到她，就只是對她微笑點了一下頭，然後就
匆匆從她身旁走了過去。嘉旻那刻想，Cammy 可能只是剛好經
過吧，可能她趕時間，又可能覺得跟自己已經無話好說，所以
她才沒有停下來和自己互聊近況。

直到第二天，嘉旻回到咖啡店，無意中聽其他同事提起，
她才知道昨天 Cammy 是特意回咖啡店找 Raymond。

而 Raymond 昨晚在短訊裡，一點也沒有提及過 Cammy。

第 174 日

從昨晚開始，她就一直沒有回應 Raymond 的訊息。

是因為生氣，他像是有心隱瞞 Cammy 的事情？還是因為，她又再一次感到迷惘，自己其實算是他的誰，自己又有何權利去要求他交代一切⋯⋯她自己也始終分不清楚。

然後這天，他回到咖啡店上班，他沒有再主動找她說過半句話。

下午，她自己一個人外出午飯。下班後，他也沒有再找過她。到了深夜，她終於忍不住，在訊息裡跟他說「晚安」。

但是他也沒有回覆。

後來幾天都沒有回覆。

第 183 日

聽店裡另一位咖啡師 Albert 說，店長正在招請新的咖啡師，因為 Raymond 向店長遞了辭呈。

據說最初 Raymond 就已經如此計劃，只在這間店幫忙約半年時間，之後他就會有其他的發展。

但嘉旻卻是第一次知道這個計劃。

第 191 日

這天是 Raymond 最後一天在咖啡店上班。

原本大家都說要為他辦歡送會，但是他卻堅持說不用，於是大家只好在午飯時，訂了一家餐廳為他歡送道別。

而店裡就交由嘉旻與 Albert 看顧。

「如果你想去為 Raymond 歡送，我一個人看店應該也可以啊，現在客人不多……」

聽到 Albert 如此建議，嘉旻有過一絲衝動，想要立即離開咖啡店。

但是當她想到，過去一個星期，Raymond 都像是有心要避開自己，他也始終沒有回覆短訊，或主動聯絡自己，告訴他離職的決定、之後的打算；她就覺得，自己似乎也沒有任何位置，可以再走進他的世界，自己原來還是一個可以輕易被他捨棄、被他隨時遺忘或無視的陌生人。即使自己對他一直這麼好，但是他也可以完全沒有半點顧念……

那自己又何必在他面前，再一次自討苦吃。

就算自己仍會不捨，但長痛不如短痛。

只要忍一會痛，以後就可能不會再痛。

第 192 日

早上，嘉旻回到咖啡店，她走進空無一人的吧檯，伸手到咖啡機底下的暗角摸索，然後她摸到了備用鑰匙。

昨天下班前，她趁著所有人剛好走開，偷偷將鑰匙放回 Raymond 之前收藏的位置。

然後她傳了一個訊息，告訴他已經將鑰匙放回咖啡機下。

但她沒想到，他最後沒有將鑰匙也一併帶走。

仍然將鑰匙留在這裡，為自己留下另一個問號。

第 203 日

她看到他在 Instagram 貼了一張，在東京新宿 Café La Boheme 的自拍照。

記得他之前提過，在看完《你的名字。》後，就好想親自去一次這間餐廳打卡。

那時候他們還約定，如果將來一起去日本旅行，就一定要尋找電影中出現過的那些場景。

結果，現在他終於去了。

結果，現在他們已經無話可說。

第 208 日

她想封鎖他的 Instagram。

不是因為他為她帶來任何困擾。就只是每一次，看到他有任何相片更新，寫下任何一句說話，她都無可避免地為那些文字與相片，想得太多。

以前她聽 Angela 提過，有一種遙距關係，就是即使兩個人沒有再見面、不會再聯繫，但是仍然會有各種意想不到的人與事，可以為對方帶來更多的困擾或折騰，繼續不留情地影響甚至支配對方的生活。

就好像現在，她會整夜看著他在東京的自拍照，幻想如果他們仍然友好，照片裡就會也有她的出現，而不是現在孤伶伶一個人，在香港看著照片嘆息。

還有昨天，她因為看到他在相片下方寫到，很喜歡吉祥寺公園的氣氛，希望將來有一個人，可以陪他重臨這個地方。於是她就一時衝動，向店長提交了辭職信。

Never to touch
and never to keep.

店長有問她為什麼想辭職，還提議調高她的薪酬，但是她當時去意已決，最後始終沒有接受店長的挽留。

　　雖然她也知道，即使現在辭職了，也不等於就可以立即動身前往東京、去吉祥寺公園陪伴他，而且如今他也未必想要見到自己。以前她不會這樣不理智。就算要辭職，也會等找到新工作後才會請辭，因為這會影響她的儲蓄計劃。但因為他，自己竟變得如此衝動和感情用事。

　　而她也知道，他是不會為此有半點在乎。

第 212 日

　　她看到 Cammy 在他的 Instagram 留言，說真想現在也可以去到日本，這樣就可以陪他一起看富士山了。

　　半個小時後，她看到他在 Cammy 的留言下按了心。

　　她不禁問自己，到底還要在意多久，到底還要在意什麼。

第 239 日

在銅鑼灣面試完後，嘉旻還未想回家，於是漫無目的地在街上四處遊逛。

但最後，她還是再一次走到大坑，在他的家樓下徘徊。

已經不知道是第幾次了。

她抬頭望向他所住的單位，見到大廳像是亮著燈。她感到有些意外，因為昨天晚上，他在 Instagram 分享自己還在台北。

不知道他是什麼時候回到香港？

不知道他現在還想不想，理會自己⋯⋯

想著想著，她在他的家樓下，茫然地站了接近一個小時。

其實他可能沒有已經不在家裡吧，她猜想。因為她始終等不到，他的身影在窗前出現。

她又不禁問自己，到底在這裡等什麼。她沒有告訴任何人，她還在等，就連當事人也不知道，為什麼自己還要執意繼續等下去。是呢，自己在等什麼呢？是在等他的回來？但他從來就沒有真正屬於自己……是在等他願意對自己認真嗎？是在等他哪天會真心喜歡自己，會珍惜自己？但自己已經付出了這許多，而他還是可以輕易將她捨棄，說散就散。

　　再繼續等下去，其實還有什麼意義，自己就只不過是透過等待這種方式，來讓自己的喜歡可以延續下去，來讓自己逃避去徹底心死。她不是不想得到他的回應、他的認真與喜歡，這樣卑微地空等一個不會回頭的人，其實就只不過是無可奈何而已。而自己所能夠做到的最大反抗，就是不要讓自己再主動更多，在一個他不會發現到自己的角落裡，維持自己僅有的尊嚴，默默地等下去，直到自己哪天終於可以真正心死。

第 242 日　　8 月 10 日

　　夜深，嘉旻心血來潮，走上了天台。

　　因為深夜 12 時過後，就是 Raymond 的生日。

以前仍然和他交好的時候，她曾經想過無數遍，應該要如何為他慶祝生日。

如果大家都有假期，就會和他去日本旅行。

如果他想留在香港，她會趁他不在家的時候，偷偷到他的家給他驚喜，或是邀請他最好的朋友，為他辦生日派對⋯⋯

想到這裡，她不禁低頭苦笑。

因為她想起，和他交往了這些日子，自己從來沒有太多機會去認識他的朋友。

以前大家都在咖啡店工作，除了 Cammy，他倆與其他同事都不算熟稔。下班後，她通常都要趕去為學生補習，偶爾他會約會她，但通常都是兩個人去吃飯、看電影。約會之外的日子，他會見哪些朋友、有什麼活動，偶爾他會談及，但她從來都沒有參與過。

所以她很早就打消了，為他辦生日派對這個選項。

但即使她想得再多，如今還是再沒有機會為他慶祝生日了。

那……自己現在又再走上來這個天台，是為了什麼呢？

她一邊反問自己，一邊推開天台的門。沒有人，只有一絲絲的飄雨，打在她的臉上，讓她知道這場夢，應該要醒了。看看手錶，已經是凌晨零時。她走到從前他們一起吃生日蛋糕的位置，對空氣說了一聲「生日快樂」，又忍不住低頭苦笑一下。

然後她轉過身，想回去自己的家，卻看見 Raymond 正在打開雨傘，緩緩走到她的前方。她不敢相信眼前的景象，即使上一分鐘她曾經這樣期望過。最後他輕輕的，對她溫柔地說：

「對不起。」

第 244 日

「那麼，那一句『對不起』，又是代表什麼意思呢？」

「我也不知道……」

「為什麼你不問他啊？」Angela 嚷道。

「因為那刻會覺得，他會這樣跟自己道歉，他還會如此溫柔對我，更重要的是，他已經回來了，所以我覺得……什麼都沒有所謂了。」嘉旻輕輕的說。

「你不覺得自己的底線已經變得太低了嗎？」

「或許吧……我知道你也很難明白這種心情。」

「我不明白嗎？嗯，我不明白啊。」

嘉旻看著 Angela，知道她這樣故意說反話、現在如此生氣，都是因為在擔心自己。嘉旻用力對她微笑一下，然後說：「總之，他現在回來了，沒有再突然失蹤，我就覺得，已經很足夠了。」

第 245 日

Raymond 說，不如大家重新開始，去做一對好朋友。

於是，嘉旻努力投入去做，好朋友這個角色。

但好朋友是應該做些什麼，才算是稱職？

她想起 Angela 這個好朋友，自己和她可以很久都不聯絡，但是當對方需要自己時，就會毫不猶豫地陪在對方身邊。

她又想起一些仍在來往、或漸漸沒有見面的好朋友，有些人會在特定的範圍裡如魚得水，例如在大學裡，相熟的同學總是會聚在一起、互相陪伴，但下課後就不一定會繼續來往。有些朋友是擁有某些特別的技能或專長，最初會交好是想要得到一些好處。也有些朋友是適合一起去玩、去看電影、去談心事、去工作、去做無聊事、去浪費時間，但她又覺得，Raymond 是不應該被如此分類。

那麼，若是像最初認識的時候那般，不會太主動找他，淡淡的交往，在他想要找自己的時候才去回應他，這樣應該不會給他太多壓力？

這樣的話，自己是否也會輕鬆一些，也不會再因為他突然的忽冷忽熱，而再一次受傷……

第 246 日

「這幾天，你都做過些什麼呢？」

「沒有做過什麼啊，都是在努力找工作。」

「那麼，找工作以外的時間呢？」

「在家裡做宅女囉。」

Never to touch
and never to keep.

「為什麼你不找我啊？我也快變宅男了！」

聽到 Raymond 這樣說，嘉旻的心裡忍不住跳了一下。

後來他來到她家樓下等她，他們在土瓜灣區遊逛了一整個
下午。

第 249 日

面試完後，嘉旻收到了他的短訊，說就在附近的咖啡店等

她。

然後他們乘電車到筲箕灣，排隊買雞蛋仔。最後又乘電車回西環，在西環碼頭看日落。

第 251 日

黃昏時分，Raymond 駕車載著嘉旻，去到他們第一次牽手、看日落的沙灣道。

兩人坐在石堤上，看著大海上的貨輪，在夕陽下緩緩駛過。

「明天開始，我就不能夠像這樣經常陪你了。」

忽然他這樣說。

「為什麼呢？」她望向他，雙眼突然一亮，續問：「你找到工作了嗎？」

「是啊。」

「是哪兒的咖啡店呢？」

她知道他一直都想找一間有水準的咖啡店，繼續咖啡師的修行。

「在九龍城，遲些有時間帶你去看看。」

「好啊。」她笑著說，然後輕輕嘆一口氣：「唉，但我還未找到工作呢⋯⋯」

「之前的面試還是未有回音嗎？」

她愁眉苦臉地點頭。

「他們不請你這美女做記者，是他們的損失呢。」

聽到他這樣說，嘉旻臉上微紅了一下，回道：「做記者不是你想像中那樣簡單啊。」

「我知道，我說笑而已。」他伸了一個懶腰，忽然又說：「如果你遲些還沒找到心儀的工作，到時我幫你打聽一下，或

是叫咖啡店的老闆請你做店員吧。」

她看著大海苦笑，嘆道：「我不想再做店員了，我想學以致用。」

第 258 日

Raymond 開始新工作後，嘉旻就再沒有見過他。

她知道他要值夜班，咖啡店在晚上十點才關門，如果還要清潔打掃，就要差不多十一點才可以離開。

因此，如非必要，她都不會打電話或傳訊息給他，不想他為自己分心。

反倒是，他會在閒時經常傳訊息給她，或是拍下咖啡店的照片，告訴她咖啡店的有趣小事。

然後這天，他終於放假了。他在中午時打電話給她，說想要去看電影，但後來他們在旺角的唱片舖尋找陳奕迅的舊 CD，

找到忘了時間。之後他又在夾公仔店裡，為她夾了一整個系列的 TSUM TSUM 床頭布偶。

這天她真的覺得很開心。

第 262 日

「晚安」

每天夜深臨睡前，她都會收到他的這個短訊。

最近她一直都在想，現在這種相處，這種節奏，是不是就是他理想中好朋友的模樣。

應該是的，因為他的臉上，總是這樣地輕鬆自在、會看著自己微笑，總是有著一種想要互相依靠、想要時常伴在對方身邊的感覺。

她知道自己也享受這一種感覺。不像是愛情，但又帶著一點戀愛時想要一起往前走、想要期待更多的心情，恍如一對在

遊樂場約定了的小孩，希望明天可以再見到對方，希望以後都可以一起結伴同遊。

「晚安 :)」

如果以後，都可以繼續這樣，和他一起說晚安，和他在夢裡繼續暢遊，那麼，即使以後都只能做對方的好朋友，即使有天他會喜歡別人，她也覺得不再緊要了。

第 281 日

這是第一天，嘉旻到 Raymond 工作的咖啡店上班。

她有想過拒絕他的邀請。

Angela 也提醒過她，這並不是她理想中的工作。

而且咖啡店想要聘請晚班職位，這樣她就不能夠再幫學生補習。

但最後她還是接受了咖啡店的聘請。

因為這樣，就可以每天都見到他，在他的身邊一同成長了。

第 300 日

「你們是情侶嗎？」

偶爾會有同事問嘉旻，和 Raymond 之間的關係。

Never to touch
and never to keep.

「我們只是朋友啊。」

每次，她都會這樣回答。

每次，她心裡都會覺得哭笑不得。

「看你們總是形影不離，還以為你們是情侶關係呢。」

「真的不是啊，他就只是我的好朋友。」

就只是一個沒有在一起的好朋友。

一個在空閒時，會上去他的家，幫他打掃、買食物、換床單的好朋友。

一個在假期時，會乘上他的車，陪他發呆、看日落、牽牽手的好朋友。

第 302 日

「你自己覺得真的開心就好了。」

在聽完她的感受分享後，Angela 就只是這樣說。

「……還以為你會罵我呢。」嘉旻有點意外。

「罵你什麼呢？你是心甘情願的嘛。」Angela 嘆氣。

「謝謝你明白我呢。」

「只要你現在覺得滿足就好。」

「我滿足的……我知道他現在也很滿足於這樣的相處。」

「是嗎？」

「……你認為不是嗎？」

「你正在處於一種將底線降到極低的狀態，這時候他叫你為他去死，可能你也是會心甘情願的。但他不一定也是這樣啊。」Angela 放下手機，雙眼看著嘉旻。「滿足於現狀，但不等於就不會想像未來的模樣。今天他想要跟你這樣曖昧下去，但明天呢，明年呢？他可能會想，不可能再跟你這樣下去，他可能也會想要追求一段真正的愛情，到時候，你們還會繼續這樣相處下去嗎？未必可以吧。」

「我知道總會有這樣的一天，但我們永遠都會是對方的好朋友啊。」

「傻妹。」Angela 忍不住對她重重苦笑一下，說：「你們真的是好朋友嗎？當那些曖昧、憐憫、貪戀、內疚都被抹去的話，

你覺得你們之間的情誼,真的可以像一般好朋友般,不帶半點不捨或不忿地繼續發展下去嗎?」

第 314 日

「在想什麼啊?」

「沒什麼。」嘉旻低下頭來,過了一會,又說:「前天晚上,你去了哪裡呢?」

前天晚上嘉旻要上班,而 Raymond 輪休。

聽到她這樣問,本來在微笑的他,重重嘆息了一下。他最後回道:「為什麼你要這樣問我呢?」

她沒有作聲,就只是繼續看著遙遠的夕陽。

昨天,她在 Cammy 的 Instagram story 裡,看到她與 Raymond 笑著合照。

Never to touch
and never to keep.

「你怎麼不說話啊？」他問她。

「我還可以說什麼嗎？」她輕聲說。

「那你為什麼要這樣探問我呢？」他冷笑一下。

「原來是不可以問的嗎？」

「那麼我是否要每天都向你交代所有行蹤？」

Never to touch
and never to keep.

聽到他這樣說，她心裡感到一陣痛楚。她不是要求他這樣做，也從來不會過問他跟誰交好、在沒有見面的時候做過什麼，她從來不會插手或干涉他的生活。

只不過，她知道他與 Cammy 又再見面，而他沒有主動告訴她這件事，於是她才終於忍不住想要去問他。對她來說，Cammy 就像是已經變成了，每次出現都會破壞他們之間關係平衡的一個人。她知道 Cammy 喜歡 Raymond，她相信 Raymond 也應該知道這個情況，但是他一次又一次地選擇與 Cammy 繼續來往。她也知道，自己沒有任何過問甚至不悅的權利，所以也只是問他前天去了哪裡，希望他會坦誠地承認見過 Cammy，如此而已。

但想不到他會表現得如此不滿，更認為她是有心要去管束他的行蹤。這一刻，她覺得無比心灰意冷。

　　最後她獨自離開沙灣道，乘上小巴離開。她一直等他追上來挽回自己，但是他沒有。

第 328 日

　　已經兩星期，沒有交談，沒有短訊，就連碰到面打招呼也沒有，猶如不認識一樣。

　　到了這天，他更向老闆申請調去早班，每天與她見到面的時間，就只剩下兩至三個小時。

第 336 日

　　嘉旻患了重感冒。

　　昨天她已向老闆請了一天病假，看了醫生，吃過藥後，在

Never to touch
and never to keep.

家裡幾乎睡了一整天。

　　到了這天，情況未有好轉，時而發熱，時而發冷。母親去了深圳，家裡就只有她自己一個人。她早上奮力下床，到廚房煮了一個即食麵，可是只吃了兩口，就已經無法下嚥。最後她勉強自己吃了一塊朱古力，吃了藥，就再次倒在床上休息。

　　只是腦袋就像是浮沉在暴風雨中的小船一樣，凌亂、混沌、無法思考、也無法休止。每當生出一個意念，那個意念就會一直重複循環播放展示，為她帶來另一種難受。

　　然後不知為何，她突然想起，之前 Raymond 生病時，他在家裡一直播放著周杰倫的〈軌跡〉。於是她睜開眼，找出手機打開聽歌 App，搜尋〈軌跡〉並選擇重複播放，再將耳機塞到耳裡，閉上雙眼，躺回床上，希望自己的感覺會好過一點。

　　最初，歌曲輕柔的旋律，周杰倫獨特的歌聲，讓嘉旻本來紛擾煩躁的腦袋，得到一個可以喘息的缺口。歌曲不斷重播，她的心情一點一點平復下來，她也開始不自覺地記住和思考，歌詞本來想要表達的感情與意思。

忽然她感受到一種嚴重的失落感。

那時候，他不斷反復聽著這一首歌，是因為這首歌的旋律真的可以讓他安睡，還是他想要讓這一首歌，幫自己抒發某一些感情，找到一個可以盡情思念某一個人的出口？

只是如今她無法找到真正的答案。因為自己的腦海裡，都已經滿是他的身影。

她想過按下停播鍵，想過拿走耳機，不要再聽下去，但她最後還是寧願讓自己陷得更深。

寧願在這種傷感與失落裡，尋求一晚安眠。

113

Never to touch
and never to keep.

第 338 日

病情終於有些好轉。

她在 WhatsApp 跟老闆說聲抱歉，告訴他再過兩天就可以上班。老闆回覆她不用擔心，並叮囑她要好好休息。

然後她打開與 Raymond 的訊息對話，過去幾天，他沒有傳過任何訊息給她。

但她心裡反而沒有太多悲哀。或者是因為，她覺得自己就像是剛從死裡逃生，她已經嚐過最難受的滋味，再苦再痛，都不會比之前更難受。

又或者只不過是，她已經適應了這一種無可奈何的感覺。就算發生更無可奈何的事情，她都已經知道可以用怎樣的態度來面對，或繼續沉溺。

Never to touch
and never to keep.

第 340 日

因為感冒，嘉旻已經有四天沒有踏出過家門。

終於病好了，她打算回咖啡店上班。換過衣服，打開家門，她看到有一袋麵包和蘋果，被掛在門把上。

打開塑膠袋，她將麵包拿出來細看，見到那是密封包裝的香腸麵包，最遲的有效食用日期是明天。平時她偶爾也會到便

利店買香腸麵包充飢，Raymond 也知道她有這個習慣。只是她不能確定，這袋麵包與蘋果，是不是 Raymond 所買。

回到咖啡店，老闆與一眾同事都對她表達關心與慰問，但 Raymond 仍是站得遠遠的，對自己不假半點辭色。她心裡感到有點苦，但過了一會就專注於工作，將他的冷漠與那袋蘋果拋諸腦後。

第 350 日

「還在生氣嗎？」

晚上，咖啡店只剩下他們兩人時，Raymond 忽然開口問她。

嘉旻其實早已奇怪，為什麼這天他並不是像往常一樣，在下午五點下班離開。一直等到六點，他仍是在吧檯為客人沖調咖啡，她才知道他這天原來是調回晚班。

為什麼會突然這樣調更？是為了跟自己一樣上夜班嗎？還是其實只是剛巧，他是有其他原因才要調班……然後就在如此

胡思亂想之際，他卻首先問她這個問題。

「生氣？生什麼氣？」

她冷冷的回道。

「你就不要再生氣了，好嗎？」

他看著她微笑。她已經很久沒有看過，他對自己如此和顏悅色。只是她還是不想就這樣跟他和好。

「那袋麵包和蘋果，」他又問，嘉旻終於知道答案。「後來你有吃嗎？」

「我都不知道是誰掛在門把上，於是我把它們丟到垃圾桶。」

她故意撒謊，但他卻好整以暇地，繼續看著她微笑。她知道他一定已經看穿了自己，於是又說：「等我病好了，我才看到那袋麵包與蘋果，那又有什麼用呢……」

聽到她這樣說，他露出了意想不到的錯愕表情。他走到她的身邊，輕聲問她：「你這次病得很辛苦嗎？」

看到他眼裡的憐惜目光，她心裡還是感到有一點苦，只是下一秒鐘，她又心軟了。她輕聲說：「沒什麼，已經過去了。」

「當時我應該按門鈴，讓你打開門來看的。」

「你按門鈴我可能也聽不見。」

「哦……因為你在昏睡嗎？」

她沒有再回他。

不會告訴他，直到現在，她的耳裡仍會彷彿聽見〈軌跡〉的旋律。

第 351 日

他答應嘉旻，以後什麼事情，都會向她坦白。

他再三確認，一直以來只是當 Cammy 普通朋友。他知道她喜歡自己，但不論她有沒有男朋友，他從來沒有想過要跟她發展。

然後他問嘉旻，還有沒有什麼事情，想要問明白。

她看著他，像是不敢相信他會如此作出承諾，但同時間她又覺得，自己彷彿與他的距離變得更加遙遠。

她喜歡他，想要了解他的一切，想要更加靠近他這一個人。但這並不等於，他要將自己的一切都向她坦白，也不等於她希望，只可以透過坦白問答這種方式，來了解認識他，來建立彼此之間的默契與信任……不論那是愛情還是友情，不論他對自己是認真的喜歡，抑或只不過是一種帶著歉疚的回報。

第 365 日

終於累積了一年份的回憶。

她心裡如此默唸，想用手機告訴他，但最後還是忍住了。

卻想不到，他在這天快要完結時，傳來了一個慶祝的符號訊息。

她沒有立即回覆，然後回了一個問號，讓自己假裝不懂。

最後他也沒有再解釋。

第 370 日

最近，嘉旻覺得自己有進步了。

因為自己漸漸學懂，如何拒絕 Raymond。

「不如我們明天看場電影吧。」

晚上咖啡店沒有新客人時，他看著手機問她。

她也看著自己的手機，回道：「我不想看電影。」

「那你想做什麼呢？」他抬頭問。

「我想留在家裡。」

「留在家裡幹嘛？」

「我想修改我的 resume，然後看看求職網站。」

Raymond 揚一揚眉，問她：「你想轉職嗎？」

她點一下頭，說：「最近聽說多了一些網媒徵人，我想試試看。」

然後，Raymond 沒再說話了。

嘉旻繼續假裝在撥手機，心裡有一種前所未有的輕鬆，以及一絲無可奈何的苦澀與悲哀。

第 373 日

就算如何刻意地不再理會他、不再對他主動，但她還是會覺得，自己被他的一言一行完全支配著。

她每天都會提醒自己，他們就只是朋友關係，自己是不應該也不必要對這一個朋友太過在意、過分關心。

可是當她表現得稍微冷淡或疏離，他又會對她抱怨，認為她不近人情。這讓她實在哭笑不得。

「為什麼這樣遲才回覆訊息啊？」

近來，他都會這樣對她抱怨。

「我真的在忙嘛。」

她嘆息。

「就算你這大忙人有多貴人善忘，也不至於過了大半天才記得回覆訊息吧！」

他冷冷的嘲諷，她知道他是真的在生氣。

但她不可能告訴他，自己也是花了很多力氣，才可以開始忍住不再立即收看他的訊息、接聽他的來電。有多少次想要回

Never to touch
and never to keep.

覆，但自己最後還是忍住不去按下「傳送」。

「感覺上，我們變得越來越疏離呢。」

「如果真的疏離，那現在是誰在陪你在這裡吃糖水呢？」

嘉旻忍不住苦笑回道，他們正在她家附近的舊式糖水鋪吃豆花。

他也忍不住笑了一下，最後又輕嘆一聲作結。

Never to touch
and never to keep.

第 378 日　2018 年 12 月 24 日

平安夜。

這天嘉旻不用上班，最近她一直在忙著面試，身心俱疲，於是她打算留在家裡，看 Netflix 打發時間。

即使其實她也想過，如果可以在這天見到 Raymond，那有多好。但她不想再讓自己自作多情、入戲太深。而且他這天也要

輪班，下班後他應該也沒有時間與心情再去慶祝聖誕。

到了晚上，手機忽然震動了一下。她看看時鐘，還只是九點，於是她拿起手機來看，見到是 Raymond 的來訊：

「你在做什麼呢」

嘉旻等了大約三分鐘，才回覆他：「在看電視」

過了一會，他又問她：「待會你有空嗎」

「做什麼呢」

「如果你有空，就上來天台吧 :) 」

又是天台？這天他應該要上班啊？

她一邊胡思亂想，一邊換過衣服，走上天台。

然後當她推開了大門，見到整個天台都滿佈了細小的黃色燈泡。而在他們從前一起吃生日蛋糕的位置，佈置了一棵七彩

奪目的聖誕樹，聖誕樹下放著大約五至六份聖誕禮物做裝飾。

這時候她的手機又震動了一下，她拿出來看，只見他在訊息裡說：「拆禮物吧，從最大的一份開始拆 :)」

於是她彎腰拿起最大的一份禮物，包裝的花紙是她喜歡的棗紅色。將花紙拆開後，她看到盒子裡面的禮物，是一個款色時尚、名貴的皮包。她知道這個牌子並不便宜，也是很多女性都想收藏的款式。

她看著皮包好一會，又好一會，將它輕輕放回盒子裡，拿出手機，打電話給他。不遠處傳來了手機的鈴聲，過了一會，他按鍵接聽，問：「為什麼不繼續拆禮物啊？不喜歡嗎？」

「喜歡。」她輕輕的回答，接著又說：「但是我不需要禮物，我只想你實現我一個願望。」

「什麼願望？」

他的聲音彷彿有些緊張。

她輕輕呼了口氣，又再微微吸氣，努力讓自己微笑，緩緩說：「我們可以在一起嗎？」

　　然後，就是長時間的沉默。

　　過了一會，她又再說下去：「你不用現在就答覆我……你想什麼時候回答我，都可以。」

　　最後，他輕輕的「嗯」了一聲。

　　她終止了通話，緩緩的離開天台，回去了自己的家，回到自己的睡床上。她問自己，為什麼要在這個平安夜，要在他為自己花了這些多心機與時間、想要和自己慶祝的這個晚上，去提出這一個，這一年來都不敢去問、也不敢去實現的願望。

　　為什麼還要去奢求，一個他可能永遠也給不了自己的答案。

　　但是如今，一切都已經不可再回頭了。

　　她看著漆黑一片的天花板，想起天台上那漫漫星光。

Never to touch
and never to keep.

淚水再也忍不住，簌簌的流了下來。

第 381 日

Raymond 漸漸沒有像往常那樣，經常主動聯絡嘉旻。

她覺得這樣也好，彼此其實都需要空間讓自己清醒，去重新思考自己想要什麼，是為了什麼而與對方繼續親近。

雖然每次當他突然變得冷淡起來，那一種對比與落差，她都會覺得難受，會讓她有一種可以隨時被捨棄的感覺。

第 388 日

「其實我是否不應該向他說那些話呢？」

最後，嘉旻還是忍不住去問 Angela 的意見。

「為什麼這樣問呢？」Angela 回望她，反問。

「因為⋯⋯是因為我逼他作出決定，他才會開始對我變得冷淡，現在就連一句話也不再說了⋯⋯」

「你逼他去作決定，是一回事，可是之後他要用怎樣的態度來對待你，是另一回事呀⋯⋯而且你也沒有要他立即回答你，你給他時間思考，如果他覺得這樣也是越過了界線，或是一種冒犯的話，那麼他也實在太自私了。」

嘉旻默默細嚼 Angela 的說話，過了一會，她微微苦笑一下，說：「還是其實我應該要去承認，他的這種態度，就已經是一種回應，到最後，他始終不想跟我在一起？」

看到她一臉失落難受，Angela 心裡輕嘆一聲，對她說：「又或許，他並不是那一個，可以陪你走完一生的人？」

「我不知道⋯⋯但偏偏我和他遇上了。」

「人來人往，將來你也會遇上其他人，一些比他更好、或更壞，更難忘、或更不堪回首的人⋯⋯然後在最後回首時，這些人原來也只是人生裡的其中一位過客而已。」

Never to touch
and never to keep.

「我明白的，我真的明白。」嘉旻低下頭來，又苦笑了一下。「就只不過是，他是第一個人，可以讓我擁有如此深刻、如此難忘的感受與回憶……他總是可以輕易地讓我忘掉了原本的初衷。對我來說，他就是這麼一位特別的存在。我知道自己未必可以和他在一起，但是我始終無法捨得丟下他自己一個人……」

「但我覺得，他並不是真的那樣特別或難忘……你只是記著一些美好的回憶而已。你不捨得丟下他一個人，但你一個人難受的時候，他又何曾為你著想，立即趕到你的身邊，將你緊緊接住？」

「即是說到底，在他的心裡，我就只不過是可有可無的一個存在？」

Angela 沒有再回應，就只是靜靜的看著她。

她輕輕的呼一口氣，想再苦笑一下，但是已經無法笑得出來。

第 429 日

「明天有空嗎？」

「我知道明天你放假，不如我們一起出去散心吧，好嗎？」

「中午 12 點，我在你家樓下等你」

第 430 日　2019 年 2 月 14 日

這天是情人節。

嘉旻穿上最喜歡的衣服，在 12 點整，離開了家門。去到樓下，見到 Raymond 已經在車裡等候。

她打開車門，坐在他身邊的座位，他從車廂後座拿出一束漂亮的玫瑰花，這是她人生第一次收到玫瑰花。

然後他開動車子，載她去一間位處海邊的餐廳吃午餐。之後他們去了數碼港，看了一齣電影，散場後他們在附近散步，說些不著邊際的話，他牽起了她的手，她也沒有拒絕。

黃昏，兩人在大海前看夕陽，他開始變得不太說話。不論她主動說些什麼，他也只是輕輕的「嗯」來回應。她留意到，他看著大海的一雙眼，並不是真的在看著大海，而是某一些遙遠的存在。於是她想起了〈軌跡〉這首歌，也想起，此刻他的心裡，應該是有另一個仍然會掛念的誰。

　　天色漸暗，他對她說，在中環一間餐廳訂了燭光晚餐，然後就帶她回停車場取車。但她對他說，她想回去了。他沒有問她原因，就只是默默駕著車，駛過中環，駛過海底隧道，駛到土瓜灣，但車子未有停下，繼續一直漫無目的地，往前駛下去。她知道他捨不得自己回去，但也知道，他內心始終無法作出一個決定。

　　最後，車子還是在她的家樓下，停了下來。他依然沒有說話，她也繼續低頭不語。這時喇叭剛好播放到，她第一次乘坐他的車時，所聽到的〈最長的電影〉。她聽著歌詞，忽然覺得這首歌，原來一早已經預示了他們的故事，一早已經提醒了，這一個故事最後還是不會以喜劇收尾。然後歌曲終於播完，她深深呼一口氣，忍著淚，讓自己離開了車廂，回去自己的家。

　　最後，他還是沒有告訴她答案。

第 466 日

　　後來她才想起，到最後，他們原來沒有向對方說過一句再見。

第 431 日

　　從這天開始，Raymond 就再沒有在咖啡店出現。

　　原來在一個月前，他就已經向老闆遞了辭呈。

Never to touch
and never to keep.

第 462 日

　　然後到了這天，嘉旻也離開了咖啡店。

　　以後，她沒有再從事與咖啡相關的任何工作。

第 485 日

　　偶爾，嘉旻還是會走上天台，去看看附近的風景，讓自己散散心。

　　她沒有在這裡，再碰見過 Raymond。

　　他後來也沒有再聯絡她，她相信自己的 WhatsApp 是已經被他封鎖了。但奇怪的是，她依然可以看到他 Instagram 裡的照片，只是這幾個月來，他也沒有任何更新過的痕跡。

Never to touch
and never to keep.

　　然後這天下午，她上去天台，遇到一個意想不到的人。

　　那是一個比自己年輕的女生，看裝扮，應該不是大廈的住客。但嘉旻卻覺得這個女生有些臉熟。女生也一直回看著她，過了一會，女生首先開口，怯怯地問：「你是 Carmen 嗎？」

　　聽到女生的聲音，嘉旻立即想起，她原來是 Raymond 的妹妹 Christy，在一年前她們見過一次。嘉旻對她點一點頭，然後忍不住反問她：「為什麼你會在這裡？」

Christy 微微苦笑一下，回答：「我是來看看，有沒有機會碰到我哥哥。」

「你哥哥……發生了什麼事嗎？」

「我想他應該沒事的，因為他有定時打電話給我。」Christy 輕嘆一口氣，又說：「只是他最近都不讓我知道他的行蹤，到他大坑的家去找他，才發現他原來已經搬走了……所以我就想來這附近碰碰運氣。」

「原來如此……」

嘉旻心裡感到意外，想不到自從自己和 Raymond 沒有再見後，他的生活出現了如此重大的轉變。

「你最近有見到他嗎？」Christy 問道。

「我……我們也有兩個月沒有再見了。」嘉旻苦笑著說。

「嗯……」Christy 低下頭來，又看了嘉旻一眼，過了一會她這樣問：「你是住在這一幢大廈嗎？」

嘉旻點頭回應，Christy 輕輕嘆了一口氣。

「是有什麼事嗎？」嘉旻問。

Christy 首先搖了搖頭，但最後還是低聲說：「你跟我認識的一個人，外表真的有些相似呢……她以前好像也是住在這幢大廈，不過在幾年前，那個人應該已經搬走了。」

嘉旻聽到後，臉上沒有太錯愕的表情，過了一會她輕輕的問：「那個人……是你哥哥從前的女朋友嗎？」

Christy「嗯」了一聲，又說：「他們從小就認識，曾經在一起過，但很快就分開了。」

嘉旻讓自己微微點一下頭，沒有再開口細問下去。

Christy 也沒有再說什麼，在天台逗留了一會後，跟嘉旻揮手道別。

後來嘉旻也沒有再碰見過她。

第 351 日

「其實 Cammy 對你也不錯啊，而且她又這麼主動……」

「是啊，至少比你更主動易懂。」

「……你是什麼意思啊？」

「沒什麼意思。」

「哼，我就不信，你對她沒有一點喜歡。」

「真的沒有啊，而且她不是我喜歡的類型。」

「那……你是喜歡什麼類型呢？」

「唔……」

　　他看了她一眼，然後又低下頭來，假裝繼續沉思，最後兩手一攤，對她做了個鬼臉。

「都說你對她有意思啦！」

她忍不住用右手打他的肩，他卻將她的右手輕輕接住，笑著回道：「不可能的。」

「為什麼？」

然後他凝看著她，沒有說話。

然後她開始臉紅，沒有再問。

第 282 日

早上醒來，她見到他已經下了床。

走出睡房，只見到他坐在沙發上，對著她之前貼的《安娜瑪德蓮娜》海報，在發呆。

「早晨。」

「早晨。」他看著她，微笑。

「你很喜歡這齣電影嗎？」

她問他，他輕輕搖頭。

「那為什麼你一直看著這張海報呢？」

「沒什麼，只是覺得……你將海報貼在這裡，真的是一個
很好的決定。」

「……真的嗎？」

她感到有些不好意思，想起當日，自己是因為覺得那處牆
紙破損得太礙眼，就像是之前被人撕走了一些什麼，才會讓本
來完好的牆紙也一併撕破，露出了裡面原本的墨綠色油漆。

只是她想不到，他原來並不是很喜歡這齣電影，他後來也
沒有提出要更換其他海報、或是保留之前的破損模樣。

偶爾她會看到，他一直凝視著海報所貼的位置，就像剛才

那樣，看得忘了時間。

　　偶爾她會想，或許以前有另一個人，也曾經住在這裡，曾
經為這一幅牆壁，留下了不可忘懷的痕跡。

第 102 日　2018 年 3 月 23 日

　　「你覺得，一個人是不是應該要徹底放下前一段的感情，
才可以跟別人發展新的感情關係？」

　　午飯時，Raymond 忽然一臉若有所思地問。

　　「我覺得，最好是先放下之前的感情，才去與其他人發展
新的感情，這樣對後來的人會比較公平吧。」

　　嘉旻一邊回答，一邊想起自己的上一段感情關係，她這才
發現，自己已經很久沒有想起對方的模樣。

　　「最理想的狀況是這樣，但有些人可能要經過很多年時間，
才可以真的放下之前愛過的人呢？」

「這個……我沒經歷過這種情況，不懂得回答你。」嘉旻微微苦笑一下，又說：「我最長就只試過一年。」

「聽說有些人，超過十年了，還是未可放下從前喜歡過的人呢。」

嘉旻輕輕嘆氣，說：「真的很難想像啊……」

「也有些人，是直到遇到下一個想要去愛的對象，才變得開始可以放下之前忘不了的人。」

「是用新的戀愛，來淡忘上一段愛情嗎？」

「有些不一樣……」

「不一樣？」

「應該這樣說，是等那一個新的人出現，才知道自己是否真的可以放下，真的釋懷了。」

「那麼……有分別嗎？」

「有一點吧。」

「嗯。」嘉旻默想了一下,忽然說:「或許有些人是真的要遇到其他喜歡的對象,才可以開始放下之前的人,不過對新的人來說,這好像還是有點不公平呢。」

「為什麼這樣說?」

「因為他還未可完全淡忘之前的對象啊⋯⋯他會一邊與新的對象戀愛,一邊回想起從前的對象,然後在不自覺間,將兩個人作出比較⋯⋯」

「應該不是每個人都會這樣吧⋯⋯又或者最初是會比較,但漸漸就會變得對新的對象投入、認真,真的只想跟對方發展呢?」

「可能吧⋯⋯」她輕嘆一口氣,問他:「為什麼忽然問這些問題呢?」

「只是聽到朋友的故事,有感而發而已。」

「是怎樣的故事呢？」

但 Raymond 只是微笑搖頭，沒有再說下去。

第 520 日　2019 年 5 月 15 日

這天，他終於更新了 Instagram。

他正身處澳洲墨爾本，背景是大洋路的十二門徒石。他在照片的說明裡寫上「New Beginning」。

她在手機裡，默默看著相片裡的他，然後她像是忽然想起什麼，手指不斷往上撥動手機螢幕，找到大約在四年前的一張舊照。

那張照片是在晚上拍攝，沒有人物出現，應該是從天台往下拍的街道景象。照片的說明就只有著「有了你」這三個字，並標註了一個叫 Sharon Lam 的人。

點進 Sharon Lam 的帳號，只見帳號並非公開，個人檔案裡的

照片，卻彷彿與十二門徒石有些相似。

她看著這張照片，落寞地微笑一下。過了一會，她輕輕的呼一口氣，直接關上手機螢幕。

以後，她再沒有讓自己去瀏覽那一個帳戶。

第 1036 日　2020 年 10 月 20 日

　　午飯時段，在進行完第二次面試後，她走出面試的房間，挽著背包，準備循之前進來這裡的路離開。

　　她一邊走，一邊回想剛才自己的表現、面試官的反應，她有信心自己這次應該會被對方錄取及委聘，只是她現在反而有些猶豫。一來上班的地點與自己的家相隔有點遠，二來薪酬比現在也不是高出很多。不過一年有十八天大假，這一點她覺得還是可以再考慮一下。

　　忽然，在本來寂靜、大部分人都已經出外用膳的辦公室裡，響起了〈軌跡〉的前奏音樂。

她不禁回轉身，想要找到聲音的來源。

只是下一秒鐘，她又忍不住苦笑。

還以為自己已經放下了。

還以為以後都不會再想念，那一個身影。

Never to touch
and never to keep.

Never to touch
and never to keep.

有時最怕的
並不是不知道
自己應該要放棄
要好好放過自己

而是你以為
自己已經放棄了
但原來你只是換了
另一種方式
來讓自己繼續等下去
就算已經很累很累
但還是沒有想到
要如何心死

145

Never to touch
and never to keep.

Never to touch
and never to keep.

《 張重言，後來。》

後來
讓你陪伴得最久的人
就是明知道
你們不會在一起
但你仍會心甘情願地
繼續喜歡下去的
那一個誰吧

就算不會再見
但是在你心裡依然會
天長地久

Never to touch
and never to keep.

第 383 日

「你覺得，」

Rachel 抬起頭，看著蔚藍色的天空，像是想起了一些什麼，不自覺地想得出神。本來微張的嘴唇，也漸漸閉合起來。

重言沒有問她，為何欲言又止，就只是帶著微笑，看了她一眼，靜靜地等她想開口的時候繼續說下去。

Never to touch
and never to keep.

過了一會，她輕呼了一口氣，這樣問他：

「我們應該要先放下一個人，才去愛上另一個人……還是，我們要愛上另一個人，才可以放下之前的人？」

重言心裡嘆了一口氣，學著她抬起頭，只覺得眼前晴朗的藍天，彷彿變得有些朦朧。他默想了一會，回答她：「我覺得，沒有應不應該，沒有哪一種情況一定正確。有些人追求全心全意地付出與相守的愛情，實現自己的理想與價值觀。也有些人希望從愛情裡找到治癒自己創傷的契機，與過去的自己和解、讓自己可以重新開始去愛。這兩種情況本來就沒有對錯之分，

也沒有哪一種比較優勝，因為每個人的人生與經歷，本來就不會一樣……」

「但如果，我們的決定，是會為另一個人的人生，帶來一些影響，甚至是傷害？」她看著他微笑。

重言心裡知道，她為何會這樣問。此刻她的微笑，也帶著一點無法掩藏的悲哀。但他努力維持自己的笑臉，對她說：「每一個人，本來都要為自己的人生負責啊，本來就會受到其他的人與事影響。我們不可能完全避開別人的傷害，但是我們可以選擇，讓誰來傷害自己，讓這些傷害如何令自己變得更成熟和堅強。」

Never to touch
and never to keep.

「你真的很正面呢……」

她凝看著他，像是想再微笑一下，又像是在輕輕嘆息。然後她繼續仰望藍天，沒有再說下去。

他知道，她剛才的問題，是與她自己有關。

只是他始終不確定，那一條問題裡，有沒有他的存在。

自己是她想要愛上的那一個人，還是她仍然在尋找著，那一個人。

第 1 日　10 月 20 日

重言第一次見到 Rachel 時，就已經覺得這個女生有些特別。

還記得那天早上，天氣開始轉冷。他穿著藍色的風衣，下了巴士，原本他想到小食店買早餐，但是他就快要遲到，而這個月他已經遲到了兩次，再多一次的話就會被扣減勤工獎。他唯有加快腳步，冒著寒風，朝公司的大樓跑去。

路上都是趕著上班的人。重言漸漸對前面不遠處、一個與自己走往相同方向的女生背影注意起來。因為他認得，剛才在巴士裡，她就是坐在自己前面，她留著一頭褐色的長髮，圍著淺灰色的頸巾，身上帶著一點像是檀香木的氣味。想不到，這個女生跟自己一樣，在同一個車站下車，走在同一條路上。

他有點好奇，想要知道女生的樣貌，但是不論自己如何加快速度，他還是無法超越這個女生。似乎女生也是趕時間上班。

這時候，女生走進了一幢大廈，竟然就是他上班的大廈。女生按動電梯，進內之後，他看到她也是要去同一個樓層。

電梯裡只有他們兩個人，他終於看到女生的正面模樣。她戴著淺灰色的口罩，穿著一襲灰色毛衣，裡面配襯一件米色恤衫、黑色碎花長裙。雖然看不到樣貌，但她有一對靈動的雙眼，有一刻重言更覺得，這雙眼像是在凝視著自己。

不一會電梯到了四樓，重言首先離開電梯，在公司門口刷卡進內，女生卻只是站在門外，像是想用對講機與誰人聯絡。重言肯定自己在公司沒有見過這個女生，雖然她戴著口罩，但他覺得她有一種莫名的氣質，讓人會不自覺地深陷其中。

一個小時後，重言快要忘記這個女生的事情。他正在檢查記憶卡的相片檔案，忽然聽到人事部 Michelle 的聲音：「這裡就是攝影部，這是部門主管 Cyrus。」

重言望向 Cyrus 的座位，他身邊站著兩個女性，重言認得 Michelle 的高瘦身形，而她身旁的就是早上那位褐色長髮女生。這時候她已經沒有戴著頸巾，但重言還是一眼就認出她的背影。跟 Cyrus 介紹完後，Michelle 帶女生繼續前往其他部門，女生轉過

Never to touch
and never to keep.

身，重言看到了女生沒戴口罩時的模樣。

他以後都不會忘記，那一瞬間的衝擊與心跳。

第 3 日

後來重言聽別人說，那個褐髮女生叫 Rachel，今年二十四歲，是創作部新聘請的同事。

才上班兩天，就已經引起其他部門同事的注意與關心。

例如營業部的 Johnathan，第一天下午就已經主動請她喝咖啡。公關部的 Anthony，更每天借故去到創作部，表演他最擅長的、已表演過無數次的魔術。

但據說，Rachel 就只是禮貌地婉謝 Johnathan 的請客，對 Anthony 的魔術表演，她也只是帶著微笑觀看，沒有表達任何感想。

第 4 日

然後這日重言又聽到別人說，Rachel 原來已經有男朋友。

他心裡有些失落，但又忍不住失笑，自己要失落什麼。

第 8 日

「你知道嗎，Rachel 原來——」

「等等。」

重言打斷了 Mabel 的話，反問她：「為什麼你又會出現在攝影部啊？」

「我是過來問 Cyrus 拿上星期拍攝的相片啊。」Mabel 扠著腰回答。

「但是 Cyrus 今日不會回公司，你來這裡也不會找到他。」

Mabel 一臉天真無邪地說：「但 Cyrus 叫我可以來找你嘛。」

重言心裡暗罵 Cyrus，然後走到他的電腦，嘗試尋找 Mabel 想要的相片檔案。

「星期五晚上，我們創作部打算為 Rachel 辦迎新派對，你有興趣來嗎？」Mabel 看著他，甜甜地笑問。

「迎新派對？你們訂到場地了嗎？」

「訂到了啊，銅鑼灣的卡拉 OK。」

「真快手啊……」

「那你會去嗎？」Mabel 一邊問，一邊挨向他的肩膊。

「我再想想。」他側過身避開，從電腦拔出一個記憶棒，說：「喏，你要的檔案。」

第 10 日

最近，Mabel 會在重言的桌子上，放下一些訊息紙條。

例如「上班好無聊」、「不要打瞌睡」、「想偷懶一下嗎」，有時會附送一包零食，「請你吃」、「小心變肥仔」。

他從來都沒有回覆過 Mabel，他並不是不明白，她突然變得這樣主動，是代表什麼意思。

然後這天，他又收到了 Mabel 的紙條。

只是這一次，是 Rachel 經過攝影部時，放在他的桌上。

他見到她放下紙條，不由得呆了一下。Rachel 輕聲說：「是 Mabel 給你的。」

這是第一次 Rachel 跟他說話。他茫然了兩秒鐘，才懂得向 Rachel 點頭示意。她向他笑了一下，然後轉身離開。

她最後的笑容，彷彿帶著一些尷尬、一些嘲弄，然後當他

打開紙條，看到 Mabel 在裡面寫著「有想我嗎」，他也不由得苦笑起來。

第 11 日

後來重言還是去了迎新派對，因為攝影部所有同事都有參加。

迎新派對在卡拉 OK 裡舉辦，如重言之前所預期，派對很快就變成了大家互相拚酒的場地。每一個月，創作部與攝影部都會借著為同事慶祝生日的名義，舉行各種慶祝派對，而每一次也是在卡拉 OK 裡舉辦，每一次總是要把某個同事完全灌醉了方肯罷休。

重言本身不太喜歡唱卡拉 OK，對喝酒也沒有太大興趣。只是難得可以與同事聯誼，他每次都會出席。有時當覺得氣氛沉悶，或是想逃避被灌酒的危機，他就會借故離開卡拉 OK 房，一個人到附近的街道散步。

這晚也是一樣。在派對開始後一個小時，他就藉故上洗手

間，獨自離開了卡拉 OK。他走到附近的維多利亞公園，在噴水池旁邊坐下，拿出手機撥弄了一會，然後又用手機為附近的景色隨意拍了一些照片。

他是無意中在手機螢幕裡，看到 Rachel 的出現。最初他本來覺得是自己認錯人了，但是當她往自己的方向越走越近，他看到她那頭褐色的長髮，才發現她跟自己一樣從卡拉 OK 偷溜了出來，而她明明是這晚派對的主角。

「你在這裡做什麼啊？」她向他笑問。

「我……」他忍不住也笑了一下，反問她：「那你呢，你又在這裡做什麼？」

她卻在他身邊坐了下來，說：「我看到好像有人偷偷離開了卡拉 OK，覺得很有趣，於是過了一會，也跟著偷溜出來了。」

「是嗎？」他放下手機，問她：「你也是不喜歡唱卡拉 OK 嗎？」

「我喜不喜歡並不重要，只要大家喜歡就好了。」她笑答。

他心裡對她不由得生出一點好感。

「但這天你是主角啊？」

「那麼，你拋下我這個主角偷溜出來，也實在太過分了。」

他看著她臉上那種其實並不在乎的笑意，還有雙頰似有還無的緋紅，心想這個女生像是比想像中更加吸引有趣。但是她有男朋友。他苦笑搖搖頭，站了起來對她說：「那麼我們還是回去吧，免得待會被人說，我將新同事拐走了。」

她像是沒有異議，就只是大方地跟著他站起來，然後跟著他回去卡拉 OK。如重言所料，房間裡幾乎沒有人注意到他與 Rachel 剛才失蹤了，就只有 Mabel 依然會纏著他，想要跟他繼續合唱更多情歌。

這天晚上，Rachel 就只唱了一首歌。他心裡不禁想，她應該是真的不喜歡唱卡拉 OK 吧。但他很喜歡她唱歌時的模樣，她將劉若英〈後來〉當中的遺憾與淒美，透過歌聲完美地表達出來。

第 15 日

因為突然趕急的工作，重言這天比平時遲了外出午飯。

在等候電梯的時候，Rachel 剛好也從公司走了出來。

「去吃午飯嗎？」他問她。

「是啊，剛才有個會議，開了很長時間……」她嘆氣。

「辛苦了。」

「你呢，你也是現在才去午飯嗎？」

「嗯，一直忙到現在才有空。」

她點一點頭表示明白，電梯門這時打開了，兩人走進電梯裡。然後她這樣問：「那麼，要不要一起吃午飯？」

他心裡感到有些奇妙，因為在進電梯前，他曾經也有過想邀她一起午飯的念頭。他笑著向她點頭，又問：「好啊，你有

什麼想吃，或是有什麼不吃的？」

她笑答：「我不吃刺身，其他的都可以。」

之後他帶她去了附近一間漢堡店，他告訴她這是他的私人飯堂。她跟他說，她也很喜歡吃漢堡，想不到公司附近竟然有專賣漢堡的地方。

點了食物後，Rachel 忽然對他說：「聽說……Mabel 喜歡你啊。」

他沒有想過她會在這時候提起 Mabel，於是傻傻的苦笑一下當作回應。

「看起來，你不想別人提起這件事呢……那我先跟你說聲抱歉。」然後 Rachel 做了一個雙手合十的動作。

「其實沒什麼，公司裡很多人都這麼流傳，我也已經習慣了。」說完重言嘆一口氣。

「你自己也覺得，Mabel 真的喜歡你嗎？」Rachel 雙眼閃動

著光芒，這時他才意會到，原來她是想探知自己的想法。

「我覺得……她是一位不錯的同事……」

「那作為異性，或是戀愛對象呢？」

重言心裡有點窘，不知道如何應付她的直接提問。幸好就在這時候，服務生送來了兩人的漢堡，他幫忙接過餐盤，又趁機離座去櫃檯拿茄醬，回到座位時，他微笑著將話題帶開：「為什麼你會來這間公司工作呢？」

她看到他問這條問題時，笑得有些古怪，於是反問他：「這間公司原來有不可告人的黑幕嗎？」

「也不是，只是這裡是小西灣啊，很多人聽到要在小西灣這種荒遠地區上班，每天要花至少半小時甚至一小時車程才可以回到公司，而且又不近地鐵站，最後都會因此卻步呢。」

聽到他這樣解釋，她做了一個鬆口氣的表情，然後笑說：「車程遠這些其實也只是小事啦。」

「那你是很喜歡這份工作嗎？」

「也不盡然，我之前一份工作是做記者的，但你也知道現在的環境……做記者暫時看不到前景，所以想轉一轉跑道。」她咬了一口漢堡，對他豎起了拇指，他看到她這個貪吃的模樣，忍不住笑了。過了一會，她忽然又說：「我會選這間公司，其實還有一個原因。」

「是什麼原因呢？」他咬著自己的漢堡，隨口問道。

但她沒有回答，卻突然伸出食指，替他抹走沾在他嘴角邊的一粒芝麻。他不由得呆住，下一秒鐘，她也為了自己剛才的舉動而表現得不知所措起來。她像是想要解釋，又像是覺得不要刻意解釋才對，臉上那種欲言又止的表情，還有雙頰那點若有若無的嫣紅，讓重言有一種好想將這刻從此定格下來的衝動。

最後，她看著他，他也回看著她，兩人都沒有說話，但都不約而同地，在店裡放聲大笑了起來，引來其他食客的好奇與側目。

第 231 日

「那時候……」

「唔?」

「算了,沒什麼。」

「你是想問我,那時候為什麼我會突然伸出手,去抹掉你嘴角邊的芝麻嗎?」

聽到她這樣問,他不禁呆住,然後笑罵:「原來那時候你是故意的嗎?」

但她就只是聳聳肩,向他咧嘴笑了一下,就沒有再解釋。

第 22 日

這天晚上,重言和 Mabel 兩個人在銅鑼灣看電影。

最初是 Mabel 對他說有兩張電影贈券，邀他一同去看。他最初原本想婉拒，只是 Mabel 接著又提到，上星期出外工作時，特意幫他拍了一些照片，這著實為他減省了不少時間，於是為了答謝她，他最後還是答應了她的邀約。

看電影前，他們首先在時代廣場吃晚飯。在晚飯途中，重言開始有些後悔，為什麼自己要應約，因為他感到 Mabel 的行為比平時更主動大膽，說話的語調也特別嬌嗲親暱。在走到戲院的途上，她更開始挽著他的手臂，直到進場後她仍是沒有鬆開。他以前不是沒有試過被異性主動挽著手臂，但他就只想跟 Mabel 保持同事關係，此刻他不知道應該如何拒絕她、而不會讓她感到難堪。

就在電影快要開始播放時，手機震動了起來。

重言拿出手機細看，見到一個未見過的電話號碼，於是他按下接聽鍵，然後與對方聊了兩句後，就連忙跟 Mabel 輕聲說不好意思，他要先到場外談完這個來電，然後沒等 Mabel 反應過來，就離座走出戲院外。

「喂。」

Never to touch
and never to keep.

到了戲院外，他立即對著手機說話。

「會打擾你嗎？」

電話傳來的，是 Rachel 的聲音。

「不會……為什麼你會有我的手機號碼啊？」

「公司的通訊錄裡，不是有列出大家的聯絡電話嗎？」

「呀，是的，我都忘了。」重言這樣說，但還是忍不住繼續問：「那你現在找我，是有什麼事嗎？」

「沒什麼啊……」Rachel 沉默了一下，他心裡覺得有些奇怪，但還是等她繼續說下去。然後過了一會，她笑著問他：「怎樣，電影好看嗎？」

「你……怎知道我在看電影？」重言此刻心裡覺得有十級驚嚇。

「這天我聽 Mabel 說的嘛。」

不知為何，在 Rachel 說完這句話後，他心裡隨之想起，之前她那張帶點嘲弄、帶點臉紅的笑臉。在啞然了好一會後，他忍不住又問：「那你為何又會在這個時候⋯⋯打電話給我呢？」

　　「因為我剛才在時代廣場看到，有一個很像你的人，牽著一個很像 Mabel 的女生⋯⋯」

　　「我們沒有牽手啊！」

　　「原來沒有嗎？」她假裝恍然大悟的語氣，然後又笑說：「那我還是不要打擾你們了，你們繼續手挽手，專心地看電影吧。」

　　被她這樣一說，重言就知道，她剛才一定是在附近撞見自己與 Mabel。他笑著問她：「那你呢，你也是和男朋友在時代廣場看電影嗎？」

　　「沒有啊⋯⋯」

　　「沒有？那你又怎知道我和 Mabel 挽著手⋯⋯」

「我是說，我沒有男朋友。」

「……你沒有男朋友？但之前聽 Mabel 說，你有一個已經交往了很久的男朋友？」

「那是我用來騙其他人而已，我不想每天上班都要再花心神去應付各種是非與傳言……」

騙人？重言心裡啞住，一時間不知道應該如何反應。

Rachel 又笑著說：「想不到你竟然會相信呢。」

過了兩秒鐘，重言回她：「為什麼……」

「嗯？」

「那為什麼……我會不相信啊？」

然後輪到 Rachel 沒有說話了。

後來重言在戲院外，跟她聊了接近半小時電話。

後來回到戲院裡，他已經無法再看明白，這齣電影想要表達的故事與意思了。

散場後，Mabel 沒有再挽著他的手，他甚至有點覺得，她像是變得想要與他保持距離。

幸好。他暗暗鬆了口氣。

第 23 日

午飯時間，重言又在電梯前碰到 Rachel，不過她身邊還有 Mabel 及其他創作部的同事。重言向大家點一點頭，離開電梯後，就自己一個人去用午膳。

在漢堡店，他向服務生點了一個菠蘿牛肉漢堡，這是上次 Rachel 所點的漢堡款式。

在等待的時候，他開始回想，自己現在還記得當天的哪些細節……她當時喝的是柚子味汽水，她吃薯條的時候，會沾很多很多茄醬。她吃得不急，也吃得相當小心，不會弄到滿手肉

汁，或是像一些人般讓麵包與肉餡散開。

　　他還記得她吃完後的滿足表情，還記得她提到下次想試其他款式時的期待模樣，還記得她伸手抹去自己嘴角上芝麻時，雙眼裡所蘊含的目光……他已經很久很久沒有看到過這一種目光，也已經忘記了以前在什麼地方、什麼人的眼裡遇到過。

　　就是因為那一種目光，才會讓自己那一刻突然感到措手不及。

　　想到這裡，他心裡莫名地感到有點寂寞。

　　漢堡送來了，但是他忽然覺得，已經不再美味。

第 24 日

　　他又一個人去了漢堡店。

　　以前他沒試過連續兩天吃漢堡做午餐。

第 28 日

走進漢堡店，竟然見到 Rachel 已坐在他們之前用餐的位置。

他有點呆住，然後笨拙地跟她打招呼。她對他微笑一下，然後為他遞上了 menu。

最後他們都點了菠蘿牛肉漢堡，柚子味道汽水。

第 30 日

「你說呢，你要怎樣報答我呢？」

晚上，重言在 WhatsApp 收到了 Rachel 傳來的這個訊息。

「為什麼我要報答你啊？」

他立即按鍵回覆。最近他們都會這樣子，在空餘的時間和對方在 WhatsApp 裡聊天。

「上一次，如果不是我打電話給你，讓你有機會借故離開戲院講電話，現在你還可以這樣嗎⋯⋯嘿嘿」

「可以什麼啦？」

「總之，你應該要答謝我，那時候有我幫你脫身」
「有恩必報是一種美德 XD」

「好吧，你想我怎樣報答你」

「唔⋯⋯」
「請我看電影 =)」

「然後到時候，我在開場時，又借故離場嗎？ XD」

「如果你敢這樣，看我到時揍不揍你 :)」

他看到這個訊息，完全感受到那張笑臉下所埋藏著的殺氣，於是連忙回道：

「那麼，請問你哪天有空呢？」

「這個星期六，可以嗎？ =)」

「可以啊 =)」

第 33 日

為了這天的約會，重言花了一點時間做準備。

因為 Rachel 提議看五點至六點場次的電影，於是他在時代戲院訂購了五點半的電影票，然後在 Google Maps 搜尋，銅鑼灣區所有評價高過 4 星的餐廳。他記得她不吃刺身，所以他最後預訂了一家吃義大利菜的餐廳，打算在電影散場後就與她共進晚餐。

晚飯後，他會帶她四處隨意閒逛，然後裝作不經意地經過一家甜品店，如果她對甜品有興趣，那就與她進內，一邊吃甜品一邊稍作休息。又或是可以帶她乘搭電車，去到西灣河的太安樓吃糖水及串燒。之後時間應該不早了，他也準備會送她回家。他還沒打聽到她住在哪一區，但因為第二天是假期，即使她住在很遠的地區，他也不怕送完她回家後，時間會變得太晚而休息不足。

Never to touch
and never to keep.

但有做準備是一回事，實際情況如何，就是另一回事。

下午五點鐘，他們在時代戲院的廣場碰面。這天 Rachel 穿了一襲啡色長身外套，裡面配襯了白色連身裙、黑色絲襪及長靴，再圍上一條格子頸巾、手挽一個黑色的小皮包，有別於平時上班的隨性感覺，散發出一種既時尚又可愛的美態。

重言不禁看得目眩，只是他下一秒又想，她這天穿的是長靴，那麼應該不適合走太多的路？他不禁為自己之後的行程而暗自擔憂起來。

電影散場後，他看到她的眼角像是有點淚光。她對他說，電影很好看，可惜最後不是喜劇收尾。他回應她，或許就是因為有點遺憾，才會讓回憶變得更深刻。之後她沒有再答話，兩人一直默默地走，在不知不覺間已經離開了時代廣場。

這天晚上有一點冷，他問她會餓嗎，會不會想吃晚飯，她卻搖了搖頭，然後與他一邊聊天，一邊四處漫步。後來他回想，那天晚上他們幾乎走遍了整個銅鑼灣，從晚上七點半開始，走到差不多深夜十二點。其間他們光顧了一間甜點店，她說她很喜歡那裡的巴斯克蛋糕。他也告訴她，在銅鑼灣哪些地方可以

看到漂亮夜景，可以在哪些街道拍攝到夕陽的餘暉。

原本他還準備，要在末班車開出前送她回家，可是當他們走到天后，走到某一幢舊式樓宇前，她忽然跟他說，那裡就是她的家，謝謝他這天陪她看電影及聊天。他這時才知道，她原來是住在銅鑼灣隔鄰的天后。

之後他和她揮手道別，趕上了前往九龍城的末班巴士。在車廂裡，他收到了她傳來的「晚安」短訊，於是他立即回她一個笑臉，然後手機螢幕顯示有她的來電，兩人就在手機裡繼續天南地北。直到他回到位於九龍城的家，直到她知道他應該要去沐浴了，他才捨得掛線，才捨得讓這天的約會正式結束。

Never to touch
and never to keep.

第 34 日

重言有過三次與別人曖昧的經驗。

每次曖昧的時間，通常都不會太長，最長大約一個月。有一位後來幸運地發展成為情人，有一位只能倒退變回普通朋友，有一位卻成為以後不會再問候的陌生人。

雖然那一次，他自問並不算是很喜歡對方，但對方突然由曾經的無比親密，瞬間變得完全陌生，彷彿比分手後的情侶更加冷漠絕情……自此之後，他漸漸對曖昧這回事變得敏感起來。又或許正確來說，他是對曖昧所帶來的傷害，留下了陰影。

　　有多少次，他會因為在夢裡遇見那個曾經曖昧過的對象，因為在夢裡仍然可以和對方友好，而在醒來後感到莫名的失落。有多少次，他會因為臉書突然重提從前有過的快樂回憶，然後又再次提醒他對方已經將他封鎖，而忍不住無奈苦笑。

　　因此，如果可以選擇，他會寧願繼續跟對方保持友好，也不想再冒險去與另一個人發展曖昧。

Never to touch
and never to keep.

　　如果真的很喜歡很喜歡對方，他會選擇直接追求對方，讓對方明白自己的心意，就算可能會被拒絕，但至少不用再花太多時間，陷在無止盡的猜心與誤解的迴圈裡。

第 35 日

　　夜，重言躺在床上，和 Rachel 在 WhatsApp 裡聊天。

R：

「你上一次戀愛，是在什麼時候呢」

天：

「差不多兩年前了」

R：

「那都有一段時間沒有戀愛了啊」

「忘不了前任嗎」

天：

「也不是」

「我和她」

「即是那個前任」

「現在仍然是朋友」

「偶爾還會見面，但我們都知道大家都已經放下了」

R：

「那麼為什麼沒有再拍拖呢」

天：

「或許是之前未遇到覺得喜歡的對象吧」

R：
「哦……」

天：
「你呢，你上次拍拖是在什麼時候？」

R：
「我比你更久一點」
「已經差不多三、四年前了」

Never to touch
and never to keep.

天：
「這麼久？不像啊」

R：
「怎麼不像啊」

天：
「還以為你這種條件，應該會有不少追求者呢」

R：

「沒有這回事啊」

「但即使有，我現在也不想談戀愛」

天：

「為什麼不想呢」

「是上一次拍拖傷得太深嗎？」

R：

「不關上一次拍拖的事……」

「怎麼說呢」

「或者是，我已經沒勇氣再全心全意地，投進一段感情關係裡」

「也沒有勇氣再為另一個人無條件地付出」

天：

「嗯……」

R：

「很沒用吧」

Never to touch
and never to keep.

天：

「為什麼會覺得這樣就是沒用呢」

「受過傷，怕痛，怕再付出，怕迷失了自己」

「是人之常情」

R：

「謝謝你」

「但是真的，我想我已經失去了愛人的能力了」

「就算會遇到更好的人，大概我也會變得畏首畏尾，不敢太主動」

「寧願就這樣錯過或結束，也不想因為一時衝動而去開始，結果讓自己更傷痕累累」

天：

「我明白的」

「我也覺得，與其花時間去和另一個人曖昧猜心，但是又不是真的非對方不可，那倒不如繼續做朋友，這樣反而比較實在」

R：

「對啊」

「不過想不到，你會有這種想法呢」

天：
「我不像嗎？」

R：
「你就像是有很多異性朋友的類型 :p」

天：
「施主，是你想得太多了……~_~」

第 41 日

　　雖然知道，Rachel 現在並不想談戀愛，但重言還是覺得，現在和她這一種相處方式，是最舒暢寫意的，他相信她也會有這一種感覺。

　　平時要上班的時候，他們偶爾會約對方一起吃午飯。除了漢堡店，他後來帶她去他喜歡的泰國菜、薄餅店和海南雞飯專門店午飯，發現大家都有著相似的飲食習慣與喜好。

有一天下班，他在路上碰見她，兩人邊聊邊走，從小西灣走到藍灣半島，累了，他們就在一間珍珠奶茶店買飲料，兩人都不約而同地選了黑糖牛奶，不要珍珠，半糖少冰。他們不由得相視微笑，然後到海旁的石堤上坐下，繼續天南地北。

　　到了星期六，早上他們會在 WhatsApp 裡互傳訊息聊天。有時她會很快回覆，有時過了半小時她才有空看到，訊息內容有時是有些無聊，但他們都會樂在其中。下午 Rachel 說約了朋友，於是他們接下來的時間沒有再傳短訊。然後到了晚上八時多，她忽然在訊息裡說，她剛好經過九龍城，問他有沒有興趣一起去吃宵夜。他立即回覆她，十五分鐘後兩人就在合成糖水會合。兩人又聊天說笑了一整個晚上。

　　後來吃完糖水，他送她到巴士站乘車，她微笑看著他，跟他說很久沒有試過這樣輕鬆寫意。他告訴她也有這樣的感覺。最後巴士來了，他們向對方揮手道別。回到家後，他們繼續在短訊裡聊天，直到第二天清晨。

第 60 日　12 月 18 日

下星期就是聖誕節了。

重言看著月曆，忽然想買一份聖誕禮物，送給 Rachel，與她交換禮物，但最後他還是搖搖頭，打消了這個念頭。

他拿出手機，打開 WhatsApp，對上一個她傳給自己的訊息，已經是十二天前。而自己之後傳過幾個訊息給她，但她每一次都沒有回覆。

他不明白為什麼會忽然變成這樣。

這時候，剛好創作部的同事要去會議室開會，重言抬起頭，見到 Rachel 跟在其他同事身旁，有說有笑地從他座位旁邊走過，完全沒有看過他一眼。

他低下頭嘆氣，心想為什麼又會變成如此。

第 45 日

「這個星期六，你有沒有約人啊？」

「沒有啊，做什麼呢？」

「你有興趣去探險嗎？」

Rachel 這樣說的時候，雙眼精靈閃動，讓他看得怦然心動。

「探險，好啊，我們去哪裡探險呢？」他笑著回道。

「到時你就知道。星期六中午十二時，在你家樓下等。」她臉紅紅地對他笑了一下，又說：「不跟你聊了，我現在要去開會。」

Never to touch
and never to keep.

　　他對她笑笑點頭，然後她輕快地往會議室走去。他看著她漸遠的背影，心裡有一種久違的情感在醞釀。

第 47 日　12 月 6 日

　　這天中午，她帶他去了香港仔的華富邨。

　　他以前沒有去過華富邨，想不到那裡依然保留著很多數十

年前的建築特色。他們在屋邨裡遊走了三個小時，拍了很多張照片，又光顧了邨裡兩間舊式冰室，分別吃了炸雞髀與火腿西多士。

之後他們去了附近的瀑布灣，看瀑布看大海，接著沿著數碼港道一直走一直走，去到一處叫鋼綫灣的地方，那裡可以從高處俯瞰絕美的日落和長堤燈塔。她告訴他若再往前走，就會去到沙灣徑，經過長長石壆，就可以去到這個燈塔。但是時候已經不早，他們約定下一次再一同去那裡探險。

Never to touch
and never to keep.

天黑後，他們坐車回到西環，她又介紹他到一間漢堡店，嚐了那裡的隱藏菜單「菠蘿包漢堡」。以前他沒有想過菠蘿包這種麵包，竟然可以用來做美式漢堡，但一試之下，卻覺得麵包的甜度與牛肉的鮮味出奇地配搭。他們都很喜歡這個漢堡，又約定將來有機會的話一定要再來光顧。

飯後他們兩人沿著海岸，一邊閒聊一邊散步。到了夜深，他決定送她回家。他們乘上了巴士，在上層車廂坐下。她問他最近在聽什麼歌曲，他拿出手機與無線耳機，將左邊的耳機讓她戴上，自己就戴上右邊的耳機，然後按下播放鍵，兩個人肩靠著肩，聽著他 playlist 裡的一些經典舊歌，例如張國榮的〈追〉、

五月天的〈我不願讓你一個人〉、張衛健的〈身體健康〉、蘇打綠的〈我好想你〉、at17的〈你好嗎？〉和八三夭的〈想見你〉。

然後，在耳機播放到 Dear Jane 的〈銀河修理員〉時，他感覺得到，她的頭輕輕倚落在他的肩膀上。

他不敢移動，怕自己會破壞了這一份浪漫與幸福。

然後，〈銀河修理員〉播完了，耳機繼續響起下一首歌的前奏，是周杰倫的〈軌跡〉。

Never to touch
and never to keep.

她默默的站起，對他像是勉力地微笑一下，又將左邊耳機交還給他。

接著她轉過身，走到下層車廂，獨自離開了巴士，剩下他一個人在巴士裡，茫然苦笑。

第 48 日

重言在訊息裡問 Rachel，是不是他做錯了什麼。

但是她讀了訊息後，就一直沒有再回覆。

第 50 日

終於可以在公司裡見到她。

但是當見到她臉上那種冷漠、淡然與陌生，重言忽然明白
到，她想要向自己傳達的意思。

當曖昧無法昇華成一段認真的愛情，接下來的發展，就是
其中一方會用最大的冷漠與絕情，去撇清曾經有過的牽連心動，
而另一方就只可以抱著那些似有還無、也早已消散的快樂曾經，
而一直念念不忘，或叫自己不要再耿耿於懷。

他早就叫自己不要再與別人曖昧。

但到頭來，他還是讓自己陷得這樣深，無法自拔，結果又
換來再一次被對方無情割捨。

第 66 日　12 月 24 日

平安夜。

因為疫情，政府頒布了餐廳晚上禁止內用堂食的法令，呼籲市民減少出外，留在家裡抗疫。市面上基本上都是冷清清的，沒有太多慶祝聖誕節的氣氛。再加上失戀的關係，重言一個人走在街上，更覺孤單。

他不害怕病毒，卻嚴重害怕孤單。不想留在家裡，只是他也不知道，自己還可以去什麼地方。最後他決定往紅磡的方向走去，因為那裡至少可以看到海港。

然後他想起，Rachel 也很喜歡看海。她是他認識的人當中，最喜歡看海的女生，喜歡到只要見到海，就會立即用手機拍下來。他曾經問她，為什麼每次都要拍照，又跟她分享自己的攝影經驗，有時如果只掛著拍照的話，就會錯過了眼前的珍貴景致。但她卻告訴他，這些照片並不是為了自己而拍的。或許有天她會開一個 Instagram 帳戶，將這些拍過的大海照片都放在裡面，然後附上拍攝日期與時間，成為只屬於她一個人、獨一無二的大海筆記。

Never to touch
and never to keep.

他發現自己總是會不自覺地，被她的各種想法所吸引。例如她說過，她是最不喜歡受束縛的白羊座。為此他特地去翻查星座書，才發現自己過去原來對白羊座這個星座有很深的誤解，原來並非只有射手座才喜歡自由，白羊座也喜歡無拘無束地過日子。但有趣的是，她又會告訴他，自己其實並不相信星座這回事，很多關於星座的分析，都只不過是將人類分類歸納到十二個刻板的印象裡，就例如獅子座一定是自大、佔有欲強，抹殺了其他在 8 月份出生者所可能擁有的潛在個性。

她的個性幽默，想法比一般女生成熟。偶爾他會覺得，只要自己一不小心，就會被她輕易拋離，因為她總是會有方法讓他喜出望外。也因此，在之前與她交好的那段時間，他變得比過往更投入地生活。他知道只有更用心地去關心及觀察這個世界裡不同的人和事，不斷累積更多經驗與知識，這樣自己才可以與她有更多說不完的話題，才有資格與信心可以與她繼續並肩前行。

可是縱然如此，自己如今也已經失去那個資格。到底自己是犯了哪些錯誤，自己是從什麼時候開始惹她生厭，但明明不久前她還跟自己約定，將來要一起再看海、再去吃那一個菠蘿包漢堡……如果真的已經打算不再交往，那為何又會繼續許下

那些約定？還是其實，那些約定對她來說，都只不過是很普通的社交應酬，並不是只為了他一個人而作出約定，也不是必定會為他這個人去完成約定……到頭來，一切都只不過是他想得太多，想要得到太多。明明她已經說過不想投入愛情，那為何自己又要入戲太深，結果可能讓她因此卻步？

可能真的是這樣吧。

只是他知道，自己如今也沒方法再向當事人去求證這個答案。

不知道這刻她正在做著什麼？不知道她會不會記起，本來曾經還有一個誰，陪在她的身邊，一起步向明日的未來。

想到這裡，他不禁停下了腳步，茫然苦笑。

抬起眼，原來自己在不知不覺間，已經從九龍城區走到去土瓜灣區的中心，在一個交通燈前停了下來。四周都是舊式的樓宇，街上的店舖已經關門，路上就只有三兩個行人，交通燈亮著紅色，但是馬路上也沒有汽車在行駛，他其實可以隨時去橫過馬路。

他望向馬路的對面，只見一個戴著口罩的女子，也正在等待橫過馬路。他覺得女子有點臉熟，但因為對方戴著黑色口罩，他無法看到她的真正臉容。下一秒他又想，是因為自己太掛念 Rachel 了，因此自己才會將對面那位女子錯認成她。只是再看真一點，他看著女子那雙靈動的眼，而對方同一時間也在注視自己，他想起第一次在電梯裡與 Rachel 對望時，也曾經有過這一種感覺。彷彿認識已久，彷彿對方一直都在尋找自己，彷彿又只不過是自己想得太多。

　　這時交通燈轉綠了，女子提起腳步，一步一步往他走去，兩人的距離越來越接近，他也越來越確定，這個女子其實就是 Rachel。只是他心裡還是不斷反問，為什麼她會在這裡出現，為什麼偏偏在這個晚上，自己竟然會和她再次相遇上……

　　然後，她走到他的面前，停下了腳步，凝看著他。

　　良久，他聽到她輕輕的說：「對不起。」

　　本來一直懸空的心情，那些無法得到體恤和理解的苦澀與無奈，在這一瞬間，都彷彿轉化成輕煙，彷彿都變得不重要了。

第 125 日　2 月 21 日

重言搬到新家，這天他帶朋友到家裡坐坐。

「裝潢得很不錯啊。」

他的朋友 Jason 對他這樣說，然後坐在沙發上，繼續觀看大廳的佈置。

「謝謝。」重言放下一瓶汽水在茶几上，笑說：「其實也沒有怎樣裝潢過，就只是為牆壁塗上新油，買了新的傢俱而已。」

「但是與你之前的家感覺很不一樣呢。」Jason 喝了一口汽水，又說：「牆壁塗上這種藍色，真的讓人有一種很悠閒的感覺，我以前有朋友的家也是用這一種顏色。」

「這是另一位朋友給的意見，我自己也很喜歡這個決定。」重言笑著回道。

「嗯……不過想不到你會突然搬到天后呢。」

「離上班的地點近一些嘛，現在只要半小時就可以去到小西灣。」

　　「原來如此……臨近農曆新年才搬家，會很難找到租盤嗎？」

　　重言笑笑搖頭，然後回想起這兩個月發生過的事情。

　　一切都是在原本的預期之外。

第 70 日

　　天：
　　「麻煩了」

　　R：
　　「什麼事？」

　　天：
　　「我正在住的地方，屋主不再和我續租了」

「他剛才跟我說，要重新裝潢，然後出售」

「看上去他應該是準備移民」

「唉」

R：

「竟然這樣」

「屋主有沒有說，要你在什麼時候搬走呢」

天：

「他給我一個月的時間」

「臨近農曆新年，哪裡還有時間去找租盤和搬家公司呢」

「一想到這些就覺得麻煩」

R：

「嗯……」

「我來幫你吧 =)」

天：

「你？」

「你可以如何幫我呢 T__T 」

R：

「明天下班後，你將時間留給我吧 =)」

第 71 日

「你覺得這裡怎樣呢？」

Rachel 轉過身來，微笑問他。

重言沒有回答，從大廳走回到大門，心裡再回想一遍，當自己踏進這間房子時的感覺。

地點是位於天后一幢舊樓宇，就在 Rachel 的家隔鄰，單位是在二樓，沒有電梯，但樓梯算是寬敞明亮，地下所鋪著的古式碎花磁磚，都保留得相當完好。到了二樓，見到一道銀包的鐵閘，一道白色的尋常木門，推門進內後，首先會經過一道像是玄關的走廊，左邊就是廚房位置，大廳是長方形，約一百五十呎寬敞，面向西北有著一扇極大的落地玻璃窗，可以看到樓下的街景，抬頭也可以看到不錯的夜空。睡房在大廳的左邊，窗子雖然不再是落地玻璃，但同樣可以看到街景，日間的光線應

該也算明亮。

再看了一遍浴室與其他地方，重言心裡已經作出了決定。

Rachel 輕聲對他說：「這個單位，是我現在的屋主所放租。之前她曾帶過我來看，我第一眼就覺得很喜歡，只是那時候我本來的租約還沒完結，而且也忙著尋找工作，所以後來就打消了念頭……想不到這裡還沒找到租客呢。」

一直站在旁邊的地產經紀，這時也笑著插口：「最近一年因為疫情關係，少了人搬屋，業主也不想隨便找個租客。這次是因為譚小姐介紹，所以業主才讓我帶你們上來看這個單位呢。其實這裡鄰近地鐵站，附近也有不少餐廳，一切都很方便……」

「好吧，我就租這裡。」

重言對地產經紀笑說，然後他就看到，Rachel 一臉喜出望外的神情。

只是他的內心反而變得有些不確定。

一方面為自己可以搬到 Rachel 附近而感到高興，但另一方面
又會為自己與她變得這樣靠近，怕將來會為彼此帶來無法預料
的壓力或阻礙，而感到有些不安。

第 75 日

這是重言第一次，帶女性上去自己的家。

以前拍拖時，他還沒有搬出來住。後來就算有喜歡的對象，
當時他也沒有想過要帶對方回家。

因此當 Rachel 說要到他九龍城的家，看看搬遷時有什麼地方
需要幫忙，他就開始變得有些期待起來。

雖然他也知道，即使她來了，也不會發生一些什麼。

「你家……嗯。」

Rachel 走到窗前，欲言又止。

「怎樣了？」他看著她，心裡不知為何有些慌張。

她又再四周環顧一下，然後笑說：「沒什麼，我剛才只是在想，如果你要請搬家公司幫你搬家的話，你需要多少個箱子而已。」

「……二十箱？」

「我看應該要三十箱吧，你看看，你有這麼多書。」她指著被他堆積在沙發旁邊，高度幾乎已經變成茶几那樣高的其中一堆書。

他搔了搔頭，過了一會她又說：「你應該要買多一個書櫃才對啊。」

「嗯嗯。」

「等我來幫你挑吧。」

她一臉自信的說，他裝出一個猶豫的表情，讓她忍不住生氣。

但他心裡其實是無比高興。

第 80 日

午飯完後，重言回到自己的辦公桌，只見桌上貼著一張摺疊起來的黃色便利貼。

最初他以為是 Mabel 留下的，但她已經很久沒有這樣留紙條給自己。他打開便利貼，看到字跡，忍不住微微笑了。

Rachel 在便利貼說：

「今天下午我要開會，可能會開到很晚，記得晚上會送傢俱來啊」

他忍不住想，明明可以在短訊裡說的話，為何女生都喜歡寫在紙條上。

過了一會，他拿出一張新的便利貼，在上面寫了「OK」，又畫了一個笑臉圖案，然後趁創作部沒有人的時候，偷偷貼在

Rachel 的電腦螢幕上。

第 83 日

星期日，他與 Rachel 一整天都在為新居的牆壁鬆油（註：粉刷油漆）。

最初他原本是想請專業的師傅來幫忙，但是疫情之下，不少裝修師傅都暫時停業。然後再細問下去，就連搬家公司也因為人手不足，而無法再接受新的訂單。

幸好 Rachel 幫他找到相熟的搬家公司，願意為他在下個星期五的晚上額外加一張訂單。只是他也要在那天之前，為新居有些發黃的牆壁與天花鬆上新的油漆。

「這個很容易啊，YouTube 有很多教學，我來幫你吧。」

Rachel 對他笑了一下，然後就和他去搜尋各種鬆油所需用品的資料和價錢。昨天兩人在灣仔買齊油漆與工具，回到天后便立即開始「鬆牆假期」。

199

Never to touch
and never to keep.

最初他以為，她說會幫忙，就只是幫他搜尋資料，或是去買工具這類瑣碎事。他沒有想過，她竟然會真的拿起刷具，陪自己默默地為天花與牆壁髹油。

「你以前有試過為牆壁髹油嗎？」他問。

「小時候，每年農曆新年前，爸爸都會為牆壁髹油。」她笑答。

「怪不得。」

「什麼怪不得？」

「你的手勢就像是熟手師傅一樣。」

她神氣地說：「哼，不是任何人也請得起我去為他髹牆呢。」

於是他們就這樣一邊談笑，一邊髹牆，昨天晚上就已經髹好睡房的天花與牆壁。重言叫 Rachel 回家休息，他則留下來繼續為大廳的天花髹油。

然後這天早上 Rachel 再來幫忙，到了黃昏，基本上所有地方都已經髹上新的油漆，就只需要等油漆完全乾透。

　　他對 Rachel 說：「謝謝你幫忙呢。」

　　她微微笑了一下，回道：「你要請我吃晚飯。」

　　「好啊，你想吃些什麼？」

　　「算了吧，現在餐廳晚上不准內用堂食，你想吃也沒得吃。」她嘆氣。

　　「那……」他側頭想了一下，最後說：「我們叫外賣吧。」

　　她卻搖搖頭，然後帶他到自己的家，為他簡單地煮了一餐晚飯。

　　這是他第一次到她的家，只見她的大廳牆壁也髹上跟自己一樣的藍色油漆，有一個很大的白色書櫃，裡面都放滿了書本、雜誌與場刊。旁邊貼著一張電影海報，戲名叫《安娜瑪德蓮娜》，他認得有郭富城與陳慧琳。窗檯前放著一排多肉植物，

在淡黃色的燈光下，散發著一種恬靜淡雅的氣氛。

不一會，她從廚房捧出兩大碟食物到大廳，裡面有蕃茄、煎蛋、香腸、醃肉、香菇、茄汁豆和薯角，就像是咖啡店可以吃到的 All day breakfast。

他嚐了一口蕃茄，也切了煎蛋來吃，只覺得無比美味，他也著實餓了，三扒兩盤就吃完了整碟食物。他對她說：「你煮得實在太好吃了，可以媲美外面餐廳的品質呢。」

她對他微笑點頭，靜靜接受他的讚美。

飯後，他們到外面散步，走到大坑一間甜品店，他認得之前曾經和她在這裡吃過蛋糕。他們買了兩個蛋糕，在便利店買了一瓶飲料，然後回到海邊，對著海景一邊吃蛋糕一邊聊天。到夜深了，他送她回家，然後自己乘巴士回九龍城。

再過不久，自己就會成為她的鄰居，以後就不用再乘巴士回九龍城。他看出車窗外，想要把沿路的景色，好好地記在腦海深處。

第 95 日

　　將最後一件傢俱——茶几組裝好，放在沙發與電視之間的
位置，重言輕輕呼了口氣，看著大廳，心裡只覺得有著一種莫
名的滿足感。

　　過了一會，他聽到大門傳來鑰匙的開門聲，他回過頭來，
見到正在開門的是 Rachel。她看到他已經將茶几裝好，於是笑
道：「我買了外賣，我們可以放在茶几上吃呢。」

　　然後他們就坐在地毯上，將食物放到茶几，享用在新屋的
第一頓晚餐。吃到一半，她忽然對他說：「鑰匙就還給你吧。」

　　他看到她將鑰匙放在茶几上，連忙對她搖了搖頭，說：「你
就幫我保管著吧。」

　　她呆了一下，說：「為什麼還要幫你保管啊？你這裡都已
經裝潢好，而且之後也沒有東西要再搬，不用幫你照看房子。」

　　「是的……但我還是想你留著這鑰匙。」

Never to touch
and never to keep.

她沒有回應，就只是靜靜看著他。

「你知道我沒有記性，以前有時我會忘記帶鑰匙出門，結果要花錢請人來開鎖⋯⋯」

「那你也可以留一串備用鑰匙在公司啊。」

他苦笑一下說：「但公司在假期時不會開門啊。」

「也是呢⋯⋯」

「所以，你就幫我保管鑰匙吧。」

「好吧。」她輕輕呼一口氣，說：「就只是保管啊。」

「除了保管，還可以有什麼要求呢？」他嘆氣。

之後一整晚，她都沒有再理睬他。

第 118 日　2 月 14 日

今天是情人節。

在這天之前，重言有想過，在情人節當日約 Rachel 去逛街。只是當他想到，她應該會對自己採取一個防備的態度，或是提醒自己不可以越界，於是他就覺得，還是不要冒險比較好。

然後他又想，這一年的情人節，剛好就是農曆年初三，她可能還要去拜年，而且餐廳仍然不可以晚上內用堂食，就算約她出外，最後還是只可以提早歸家⋯⋯想到這裡，他的內心反而感到有些坦然。自己就只不過是她的朋友，雖然最近關係變得比從前親近，但又何必為了一個商家做出來的節日，而讓自己變得庸人自擾。

不過理性思考是一回事，到了情人節這天，他的一夥心卻始終無法安定下來。

只因為這兩天，或許剛好是因為農曆新年的關係，他與 Rachel 沒有傳過短訊，更別說談過任何電話。

Never to touch
and never to keep.

她這天會有約人嗎，她這天會有什麼節目……腦海裡總是會不能自拔地胡思亂想。這一秒他叫自己不要多想，下一秒又忍不住去看她的 WhatsApp 有沒有在線。這一秒他問自己有什麼資格去擔心太多，下一秒他又會為自己沒有早一些約會她而懊惱不已。

　　到了下午，他覺得不可以再這樣下去，於是穿了跑鞋，到附近的維多利亞公園去跑步，直到太陽下山了，紛亂的心情漸漸得以平復，他才捨得拖著疲累的身軀回家。

　　但想不到，當他回到自己的家，他見到 Rachel 拿著一個白色塑膠袋，坐在他門前旁邊的樓梯。

　　「為什麼你會在這裡？」

　　他忍不住問她，看到她的眼光彷彿帶著淚痕，但她卻愉快地笑了一下，說：「想找你慶祝一下情人節，不可以嗎？」

　　「朋友之間慶祝什麼情人節啊？」

　　「不可以慶祝的嗎？」

她揚了揚手中的白色塑膠袋，裡面像是裝載著食物，然後她對他狡點地笑了一下。

　　最後，他們一起吃了芝麻糊做晚餐，她在他的家留到十二點後，才捨得離去。

　　後來每次回想，他都會覺得這一個情人節，是自己過去二十五年來，最特別的一個情人節。

　　自己最喜歡的人就在自己身邊，和自己一起慶祝情人節，但她不是自己的情人，而自己也清楚知道，她對自己並不存有太深的喜歡。但自己還是會心甘情願，還是會將這一天當成一個珍貴的回憶。

第 138 日　3 月 6 日

　　邁入 26 歲生日，重言許了一個願望，就是有天可以和 Rachel 變成一對真正的男女朋友。

　　雖然在公司每天都會見到她，現在也成為了她的鄰居，但

他反而覺得，自己與她的距離像是變得越來越遠。

　　偶爾他們會一起去吃午飯，但她每次都總是心不在焉，不論自己說的話題有趣還是不有趣，她都好像沒有真正聽進耳裡，彷彿自己是一個可有可無的存在，就只會為彼此帶來更多厭倦與壓力。

　　是的，就連他自己，偶爾也會想，與其勉強自己繼續去和她做朋友，但反而無法和她變得更加親近，甚至會讓自己處於一個總是在苦苦糾纏的位置，那倒不如退後一步，不要主動走到她的身邊，自己一個人吃飯，自己一個人回家，自己一個人看電影，自己一個人去跑步，其實也可以很不錯，其實以前的自己也是這樣生活吧……在還未遇上她之前，在沒看到過她的笑臉之前，在那個維多利亞公園的噴水池旁邊，尚未與她第一次交談之前……

　　他也知道，如今一切也已經無法再這樣簡單地逆轉過來。

　　而且，有時縱使自己下定決心要和對方做普通朋友，但對方反而又會對他變得更加主動，覺得他變得不再像從前般那樣關心她，想要與他尋回往昔的親近和默契。偶爾她會忽然約他

一起下班，一起回天后吃晚飯，一起到海邊散步，一起期待某齣電影上映，但是永遠也會有一條不可僭越的界線。就算他想拒絕，但最後還是會輸給自己的不捨得，到頭來又會提醒他自己，其實並不是只想與對方做朋友，因為她依然會佔據著他心坎裡最重要的位置。你可以對所有人假裝她不重要，但你始終無法長時間自欺下去。

在這種情況下，如果想繼續和這一個人交往下去，既不會讓自己變得太卑微，又不會讓自己入戲太深，他認為最好的方法，就是盡量學會叫自己不要期待太多。除了不會為自己換來更多失望，當自己真的可以做到不會期待的時候，對方也會感受得到一種截然不同的氣氛，不會對自己太過防備，可以自然一點與自己相處和交談，做到她心目中的理想友好模式。

雖然有時候，當他表現得真的不痛不癢時，她也會更加忽略他內心的真正想法與感受。就好似，這天是他的生日，他在很久很久以前，在和她 WhatsApp 對話時，提過一次這個日子。他不知道她後來是不是忘記了，也不知道她會不會想為自己慶祝。然後到了這刻，已經是晚上六時了，自己還是沒有收到她的生日祝福。

或許她是已經不記得吧？他將手機放回外套口袋裡，抬頭望向她所住的單位，沒有燈光，這天是假期，她應該是約了朋友吧？他低頭微微苦笑一下，又徘徊了一會，最後還是決定回去自己的家。

　　打開大門，四周黑沉沉的，他記得自己這天出門前，明明有開啟玄關的燈，難道是燈膽壞了？他正想伸手去按開關，大廳的燈光卻突然亮了起來，然後他見到，Rachel 站在大廳中心，捧著一個點了蠟燭的生日蛋糕，她的身後還有著很多人，都是公司裡平日和他交好的同事，還有一些他最友好的朋友。大家都在為他獻唱生日歌，都在等著他來到大廳，為生日蛋糕吹熄蠟燭。

　　他的內心感動不已，想不到她竟然會為自己準備了這一份驚喜。最後他許了願，吹了蠟燭，大家都歡呼起來。有人提出不如照張大合照，Rachel 應聲說好，從衣袋掏出手機，開啟前置鏡頭，並請重言拿著手機，在倒數三聲後就按鍵拍攝。大家於是連忙選好位置站定，Rachel 繼續站在他的身旁。然後他開始倒數，三、二、一……

　　然後在他按下拍攝鍵的那一瞬間，她親吻了他的臉一下。

第 153 日　3 月 21 日

這天是 Rachel 生日。

重言在兩個星期前就開始做準備，想在正日這天為她好好慶祝。

他想過要為她辦生日派對，打算邀她的朋友，在生日的前一晚，一起在酒店房間裡和她一起倒數生日來臨，然後為她唱生日歌、吃生日蛋糕慶祝。他甚至已經打電話到不同的酒店，詢問各種房間的價錢，就只差確定實際的出席人數，他就會向酒店預訂房間。

但 Rachel 不知如何發現到他的計劃，對他說不需要為她特別慶祝，並說這一年生日，她只想靜靜地度過。

重言不知道，她是真的想靜靜地過生日、不需要特別慶祝，還是其實在說著違心的話。他想起自己之前也是表現得不想特別慶祝生日，但心底裡還是會暗自期待的那種心情。於是他又在網上搜尋了一些有特色或情調的餐廳，又準備了一份她應該會喜歡的禮物，另外還訂了一束她喜歡的鬱金香，希望可以給

她一個驚喜。

可是，當來到這天，她看到他所準備的紫色鬱金香，還有他送的生日禮物——她說過覺得漂亮的 Tiffany & Co. 銀色項鏈，當他想要為她親自戴上那條頸鏈時，她卻輕輕將他的手推開，對他說：

「你不應該對我這樣好。」

他心裡輕嘆一口氣，但表情不變，繼續微笑著回她：「對朋友好，哪有什麼應該或不應該？」

「但我和你其實都知道，這一種好，並不是對朋友的好。」她苦笑了一下，又再補充：「其實我們都心知肚明。」

「心知肚明……但是我真的不明白。」他終於無法再假裝下去，笑容漸漸變得苦澀。「為什麼你可以這樣對我好，但我就不能夠這樣對你好？」

「我對你的好，跟你所特意去做的好，是不同的……」

「有什麼不同呢？」

他無奈地看著她，想要聽到她的答案。但她卻沒有再開口，就只是靜靜的回看著他，看著他的雙眼，流露出越來越多的無奈與難受，可是到最後，她還是又再一次欲言又止。

她將項鏈輕輕放下，對他說聲對不起，然後將鬱金香帶走，在離開他的家前，將鑰匙放在茶几上。他躺在沙發上，仰望天花板，只覺得什麼都不想再思考，只想一直一直讓自己繼續下沉，不要再讓任何人發現，不要再讓自己承受更多不必要的刺痛。

第 157 日

一切彷彿又倒退到原點。

不再問候，不再來往，不再回覆，不再親近。

偶爾，當他在公司的走廊，無可避免與她迎面擦身而過，他都會有點佩服自己，竟然還可以假裝沒事人一樣。有時如果身邊還有其他同事，他更可以表現得自然地與別人談天說笑，

彷彿一點都沒發現到她的出現，一點都沒察覺，她臉上的冷漠、淡然、對別人的微笑、對自己的的陌生冰冷，可以表現得比自己更自然更純熟。

如果自己是這場戲的最佳男主角，那麼她一定就是最佳女主角，而且還要是影后級數。即使這一場戲，其實就只有他們自己知道，就只有他自己一個會如此在意。

第 171 日

復活節假期完結後，重言就沒有在公司見過 Rachel 出現。

最初他還以為，她是外出工作了，所以自己才會碰巧沒有遇見她。但是到了第二天，他借故經過創作部數次，見到所有人都有上班，唯獨 Rachel 的座位空無一人。打聽之下，他才知道原來 Rachel 請了病假。

「是感染了 COVID 嗎？」

午飯時，他裝作不經意地經過人事部，向 Michelle 探問

Rachel 的情況。

Michelle 嘆了口氣，擔憂地說：「昨天她說她做過幾次快測，一直都是陰性。但在電話裡，她的聲音變得跟平時不一樣，像是有些辛苦，我想她應該是患了重感冒吧。」

重言聽見後，思緒也亂作一團。既擔心她，不知道她有沒有能力照顧自己，又擔心她，如果她是感染了 COVID，會不會被抓去隔離。

一整個下午，他都無法再專心工作。終於等到時鐘來到六點整，他立即離開公司，截了的士回去天后。在車廂裡，他掏出手機，嘗試打電話給 Rachel，但是她沒有接聽，讓他擔心不已，心裡又責怪自己，為什麼這樣遲才去向 Michelle 打聽消息。

終於回到天后，去到她的家門前，他按了門鈴，但是沒有人應門。等了一會，他又再按鈴一次，只是他又突然想起，可能她正在休息，如果因為門鈴聲而吵醒她，那樣反而不好。於是他不再按鈴，在手機打開 WhatsApp，跟她說他正在門外，如果她可以下床，就請她來開門。

Never to touch
and never to keep.

然後他在門旁的樓梯坐下，默默等她醒來。這時天色已經轉暗，樓梯的燈光亮起，他忽然想起，不知道她會不會覺得肚子餓。想到附近的超級市場買食物給她，但又怕她會突然醒來、開門時看不見自己。他又再掏出手機，看到她尚未閱讀自己的訊息，於是他連忙跑到附近的超級市場，買了一些麵包、罐頭與水果，再匆匆跑回她的家門前。他喘著氣，又再查看手機，訊息依然未讀，心裡不禁有點慶幸，只是也有更多擔憂。

　　到了差不多八點，大門終於打開了。他連忙站起，只見她倚在門邊，有氣沒力地看著他，想開口說話，但他幾乎聽不見她的聲音。他不由得心疼起來，著她不用說話，扶她回到睡床躺下。

　　他環看四周，見到床頭放了三包藥及一瓶藥水，應該是醫生開給她服用，上面寫著每隔四小時服用一次。他問她，上次是什麼時候吃藥，她用口型說了個五字，然後又伸出左手五隻手指。於是他又問她會不會肚子餓，要不要買粥給她吃，又跟她說買了麵包及水果。她搖了搖頭，過了一會卻跟他說想吃蘋果。

　　他伸手摸了摸她的額頭，不算太熱，於是他先去廚房倒了一杯水給她，再找出水果刀，將一顆蘋果切成十六塊，放進碗

子裡，然後回到床前，用叉子餵她吃蘋果。最初她吃得很慢，一分鐘才吃完一塊，但之後她像是精神變好了些，食慾被激發起來，不一會，她就吃完了整個蘋果。

他問她還要不要再吃多一顆蘋果，她又搖搖頭，然後就躺回睡床上。他看著她，她也回看著他，過了一會，他對她說明天他會請假，問她明天早上有沒有什麼想吃，有沒有什麼東西要幫她買回來。她又搖了搖頭，他不知道她是沒有東西想吃、沒有東西要買，還是其實想跟他說，明天不要為了她請假。他沒有再問下去，她也沒有再搖頭。

等到九點，他為她再倒了一杯水，陪她吃完藥，然後就坐在床邊，打算等她入睡後才離開。忽然她掙扎坐起來，打開床頭櫃其中一個抽屜，找出一串鑰匙，放在他的手心裡。他看著鑰匙，明白她是讓自己明天上來探望時可以自行開門。他對她微微點頭，將鑰匙收起來，又叮囑她快點躺回床上休息。

後來等到差不多十點，她才可以真正入眠。他悄悄離開睡房，打開冰箱，又打開櫥櫃細看，見到食物儲備還算充足。於是他離開她的家，為她鎖上大門，走到街上，他才想起自己這夜什麼都沒吃過。但是附近的餐廳都早已關門，他吸一口氣，最

後到便利店買了三個麵包、一包朱古力奶，來作為自己的晚餐。

第 176 日

過去一星期，每日重言都會到 Rachel 的家，幫她買食物與生活用品。

她這次病得相當嚴重，卻又不是感染了 COVID，每次做快測，結果也只顯示一條線，但她差不多在床上睡了四天，才算是真正復原過來。

有天晚上，她苦笑對他說，以前也曾經這樣病過，幸好這次有他的照顧。他聽見後，有點不好意思地傻笑了一下，說自己就只不過為她買食物，切過一袋蘋果給她吃而已，沒有真正幫上什麼忙。但她還是握著他的雙手，誠摯地對他說，真的很感謝有他伴在自己的身邊。

他還是只懂得傻笑，對她說，只要她開心，那就已經足夠了。她聽到這樣說，眼眶像是泛起淚光，然後將頭倚在他的肩膀上。

那天晚上，他感到前所未有的快樂與滿足。

第 201 日

　　近來，他明確感受得到，她變得比從前任何時期，都要更加依賴自己。

　　每天上午起床後，她都會打電話給他，問他穿衣服的意見。她會問他要不要幫他買早餐，偶爾遲了起床，又會問他要不要一起乘的士回公司。

　　到了中午，她會傳訊息過來，問他午飯想要吃什麼，想約在哪裡等。如果同事有任何聯誼活動，她又會首先問他有沒有興趣參加，如果他不參與，她也會跟從他的決定。

　　下班後，如果不用加班，她又會約他一起晚飯，或是買外賣到天后附近的海旁，一起看著夜景用晚餐。每天夜深，她都一定會先跟自己說一聲晚安，才去入睡。

　　假日，有時她會去他的家，一起看美劇或韓劇。餓了就叫

外賣，又或是她親自下廚。有時她會提議去郊遊，但通常都是去一些可以看到海的地方，例如石澳、荔枝窩和船灣淡水湖，但最常去的還是沙灣徑。到了晚上，就在 Google Maps 搜尋，光顧附近新開的或未去過的餐廳。夜深了，他會送她回家，她都會笑著揮手，和他說再見。

是了，他將她的備用鑰匙交還給她，但她沒有接收。他將自己的備用鑰匙再次交給她保管，她微笑著接受了。

Never to touch
and never to keep.

第 205 日

「你們現在還不算是拍拖嗎？」Jason 笑問。

「我們就只是經常黏在一起，但不是拍拖。」

「那麼你們算是什麼關係呢？」

「朋友吧。」

「朋友會每天都見面嗎？」

「因為我們是同事嘛。」

「同事每天都會一起晚飯嗎？」

「因為我們是鄰居嘛。」

聽到重言回答得如此純熟，Jason 忍不住失笑了一下，又或者應該說是冷笑。但他又想到，這傢伙一定是將這些問題自問自答過無數遍，才會回答得這樣理所當然。於是他又忍不住嘆了口氣。

「但你們現在變得這樣親近，每日朝夕相對，她待你又如此依賴、這麼好，你就沒有想過跟她表白嗎？」Jason 繼續問。

「她依賴我，但不等於，她也有喜歡我呢。」重言緩緩地說，微笑了一下。「最近我有這種直覺。」

「難不成你還是像少男少女般，要確保對方是真的喜歡自己，才會向人表白嗎？」Jason 失笑說。

「咦，不是成年人才是會這樣嗎？」重言認真地反問。

「……怎樣也好，為什麼你覺得她並不喜歡你呢，如果不喜歡，她也不會想你陪在她身邊吧。」

「可能是我變得越來越沒有自信吧……有時會覺得，我真的就只是她一個很要好的朋友，但我並不是她最喜歡的人，又或者應該說，是想要在一起的對象。」

「她都已經這樣主動了啊，你覺得她還不是想要與你在一起嗎？」

Jason 苦笑著追問，重言也苦笑了一下，不知道應該如何向他說明。

第 208 日

凌晨，重言本來已經入睡，但是聽到門鈴聲，於是他下了床，打開大門，竟然見到 Rachel 站在門外。

他心裡感到意外，因為他們晚上才一起吃過飯，之前一天，兩人就在他的家裡，看 Netflix 看了一整個下午。他沒想過她會在

這個時候，來按自己的門鈴。他立即打開了鐵閘，問她：「怎麼了？」

她低下頭，只是繼續站在原地。他看到她一身睡覺打扮，之前她生病時就是穿這套睡衣入睡。她輕聲問他：「我可以進內嗎？」

「可以啊，當然可以。」

他立即退後一步，讓她走進屋內。她看著他，過了一會才問：「我這晚可以睡在這裡嗎？」

「可……可以啊。」重言雖然這樣回答，但此刻他的內心，是驚訝多於驚喜。他忍不住又問她：「是發生了什麼事嗎？」

她淡淡地笑了一下，對他說：「我睡不著。」

「失眠嗎？」

她又搖了搖頭，他看到她抿著唇，知道她是不想再說下去。於是他也決定不再問，對她笑說：「那麼，你睡我的床吧，我

Never to touch
and never to keep.

睡沙發。」

　　她依然沒說話，就只是緩緩的走到他的睡床前，躺睡在床的右邊，而平時重言都習慣睡在左邊。他走近床前，打算拿自己的枕頭到大廳，她卻伸手拉著他，對他說：「你也在床上睡吧，睡沙發你會睡得不舒服。」

　　他看著她，忍不住失笑了一下。她輕聲問他為什麼笑，他嘆了口氣，對她說：「小姐，你難道就不怕我偷襲你嗎？」

　　但她就只是搖搖頭。

　　「我可是正常成年男人啊？」他半帶認真地對她笑嚷。

　　「如果你會偷襲我，我也無話可說。但我相信你不會。」

　　她說這番話的時候，表情始終沒有絲毫改變。他心裡不禁問，到底她是真的完全信任自己，還是她真的不介意自己對她有任何非分之想？但不論是哪種情況，他都覺得她對自己的信任與依賴，仍然是離不開友情之間的範疇。

他對她輕輕嘆口氣，說：「那好吧，我就恭敬不如從命。」

「什麼恭敬不如從命啊？」她忍不住笑著反問。

他沒有回答她，就只是輕輕坐在床沿，然後又緩緩地躺在自己平時睡覺的位置，背對著她，盡量讓自己的身軀不會與她有任何接觸。

「你要睡得這樣拘謹嗎？」

他聽到她這樣問，聲音像是在取笑。他於是讓自己跟她一樣，平躺在床上。他的床褥其實不算寬敞，這時候他的左手手臂，已經無可避免地挨著了她的右手。他不禁輕輕嘆了口氣，說：「你以前試過這樣子嗎？」

「……怎樣呢？」

「這樣和一個異性朋友，在同一張床上睡覺囉。」

「試過啊。」

Never to touch
and never to keep.

「試過？對方是誰呢？」

「睡在同一張床上，也不代表就會發生什麼、就代表或證明了一些什麼啊。」她默然了一會，又說：「就等於，有些人在床上即使有過一夜情，也不等於他們就認定對方是唯一的伴侶一樣。」

他明白她想表達的意思，只是一時之間，他實在無法適應這一種突如其來的發展。她將他當成是好朋友或是知己，但他始終會視她為最喜歡、最想要得到的對象。他可以盡量壓抑想要抱著她的慾望，但是他還是無法平息得了，那彷彿變得越來越強烈的心跳聲，還有那一種彷彿始終不會得到正視及認同的難堪與無奈……

然後就在這個時候，她的右手輕輕牽著了，他的左手。他微微側頭，看到她也在凝視著自己。她低聲問：「現在……感覺有好一點嗎？」

他默默感受著她手心的觸感與熱度，只覺得內心本來紛擾混亂、不可能平息的各種思緒，竟然奇蹟地在一瞬間完全休止消失，彷彿終於可以做到與她心意互通，彷彿過去所有過的寂

寬、不安、難過、疑惑、遺憾、不忿、鬱結與執著，全都變得
不再沉重，煙消雲散。

「現在好多了……謝謝你。」

說完，他輕呼了一口氣。

過了一會，她回道：「其實是我謝謝你才對，謝謝你讓我
睡在你的身邊，謝謝你願意陪我。」

他想起她早前說過的話，於是問她：「其實……為什麼你
這晚會睡不著？」

「我也不知道……是呢，為什麼還會睡不著？」她看著天
花板，茫然地說。忽然她又這樣問：「你有試過，在夢裡被某
個人一而再地丟下捨棄，那種絕望無助的失落感和無力感嗎？」

「嗯……我知道那種感覺，每次都會忍不住去問，到底
自己是做錯了什麼，自己是不是真的只值得這種對待，這種難
堪……但是對方也永遠不會給你一個答案，不論是在夢裡，還
是在現實，他永遠都會是一個陌生人，自己最不可能放下的陌

生人。」

然後他感到，她牽著自己的手，比之前牽得更緊。

他開始有點明白，她為什麼會失眠，為什麼會這樣依賴自己，為什麼始終不敢對一段關係或感情太過投入，還有為什麼會變得，不再相信愛情。

第 230 日

自那夜之後，她偶爾會在凌晨時分，按動他的門鈴。

每次他都會打開門，讓她進內，讓她睡在自己的床上。

讓她牽著自己的手入睡。

然後，到了清晨，她都一定會比自己更早醒來，悄悄離開他的家。

每次，他都會假裝自己沒有醒來。

假裝，自己已經心滿意足。

第 243 日　2021 年 6 月 19 日

對重言來說，這是一個很特別的夜晚。

這晚公司同事在酒店訂了一個房間，為 Mabel 辦歡送派對，差不多到凌晨一點才完結。重言與 Rachel 乘的士回天后，因為 Rachel 這晚喝得有點醉，於是下車後，他就先陪她回去她的家，打算送她進門後才回自己的家休息。

怎知當她用鑰匙打開自己的家門後，她忽然轉頭對他笑問，想不想在她的家過夜。

「過夜？」他以為自己聽錯，於是將問題再問一遍：「想不想在你的家過夜？」

「是啊，還是你想現在回家？」

她看著他笑，像是有點不滿。不知道是否因為她喝醉了，

還是他自己其實也有點醉意，他覺得這夜的她，彷彿比平時更加漂亮，雙頰有著一抹無法讓人移開視線的嫣紅。

他沒有回答，但還是跟隨她走進屋裡，並將大門關上。一直以來，她甚少主動邀請他到訪她的家，除了第一次重言剛搬到天后時，她邀他上來為他煮了 All day breakfast，以及後來她患了感冒，那一個星期他每天上來買食物給她，其他的時間，通常都是她去他的家看 Netflix、睡不著的時候找他陪伴，基本上他未試過主動去踏足她的家。

雖然他有她的備用鑰匙，但是他知道有些界線不能隨便僭越。她信任自己是一回事，但她是否真正認可自己是另一回事。所以一直以來，他沒有主動提出過要上她的家，而她也同樣一直沒有邀請過他，這讓他更加確信，自己並未在她的內心真正佔上一個重要的位置。

但是來到這晚，彷彿一切都要改變了。

她從衣櫃找出一套男裝家居服，讓他沐浴後可以更換。然後輪到她去沐浴時，她吩咐他別亂碰她的電腦，因為裡面還有她未完成的稿件。如果他覺得悶，可以開啟電視打遊戲機。但

他現在又怎會有玩遊戲機的心情。終於等她洗澡完了，她問他有沒有覺得肚子餓，要不要給他煮宵夜，原本他想說自己不餓，但他的肚子就在那時候咕咕作響，讓她忍不住大笑。於是她到廚房煮了兩個辛辣麵，又另外煎了荷包蛋與火腿，然後他們坐在窗前，一邊看著街景一邊吃宵夜。

吃完麵後，清洗好餐具，她拉著他走進睡房，躺在睡床上，有一搭沒一搭地聊起各種事情。

「小時候，你有試過離家出走嗎？」

「沒試過啊……小時候我去得最遠的地方，就是學校後山的叢林，那時候我們一班男同學都喜歡去那裡探險……後來長大後有一次路過那裡，其實那裡並不算什麼叢林，就長了很多竹樹，那座後山原來也只是一座小山丘而已。」

「小時候眼中的世界，跟長大後所看到的世界，總是不一樣的。小時候看到的是新奇與未知，長大後看到的是重複與界限。」

「你小時候試過離家出走嗎？」

「嗯⋯⋯那時候是小學四年級，每天下午放學後，我通常都會回家做功課，做完後，我就會到家樓下的麵包店，買麵包做第二天的早餐。那天本來也跟平時一樣，我很快就做完功課了，於是就在餐桌拿了母親留給我的十元硬幣，去麵包店買麵包。」

「怎麼後來會變成離家出走呢？」

「我也不知道原因⋯⋯往麵包店的路程其實不太長，就大約走五至十分鐘，我很快就用那十元硬幣，在麵包店買了三個平時會買的麵包。只是買完麵包後，心裡忽然湧起了一股情緒，我不想再回去那一個家⋯⋯明明我在那裡已經生活了八年，但是那一刻我真的真的非常不想回去。於是我走到附近一個的士站，截停了一部的士。」

「你當時才八歲，你竟然夠膽去截的士⋯⋯」

「我在小學三年級的時候，也試過自己乘的士到爸爸工作的地方，幫他送文件呢。」

「原來你是天才少女啊。」

「哈哈⋯⋯那一次也是一樣，上了的士後，我跟司機說，要去尖沙咀加連威老道，司機當時就只是看了我一眼，什麼也沒有問，就啟程前往尖沙咀。我當時已經懂得認路，看見窗外的景物，知道很快就會去到尖沙咀。只是，我的心也越來越感到不安。」

「因為你沒有錢付車資。」

「你真聰明呢⋯⋯那三個麵包要八元五角，買了麵包後，我身上就只剩餘一元五角。而當的士駛到尖沙咀時，收費錶的收費顯示已經超過三十二元。」

Never to touch
and never to keep.

「那之後你怎麼辦？是請你爸爸從公司下來，幫你付車資嗎？」

「以前可以這樣，但那時候，我的爸爸在半年之前，已經去世了。」

「啊⋯⋯」

「因此，當的士終於駛到加連威老道，司機想要向我收取

車資時，我那時候⋯⋯終於哭起來了。」

「終於？」

「我平時不容易哭，自從爸爸離開後，我也沒有哭過。」

「嗯⋯⋯」

「後來，的士司機駛到警署去報案，警察問我叫什麼名字、住在哪裡，最初我都沒有回答，因為我不想回家⋯⋯直到天色變黑了，原本負責看管我的警察下班了，換了另一位警察負責，那時我忽然覺得，這樣堅持下去也是沒有意思，於是就跟他們說了名字，還有母親的聯絡方法。」

「她一定很焦急吧？」

「她⋯⋯到了差不多晚上十點，才來到警署找我，默默地帶我回家，一路上也沒有罵過我，甚至沒有說過半句話。我知道她那天不用加班，收到警察的電話時，她應該正在跟朋友吃晚飯，平常她都是這樣子。」

「那通常你晚餐是吃什麼？」

「等她買外賣回來給我，又或是我自己去煮麵吃⋯⋯如果冰箱還有雞蛋和蕃茄，我就會做蕃茄炒蛋。」

「原來你的廚藝是從小時候自學回來的。」

「沒法子呢，總不能就這樣餓死在家裡。從那時候開始，我就變得越來越不喜歡留在家裡。然後在兩年前，我就決定自己搬出來住。」

「那現在你還有見你的母親嗎？」

「她已經再婚了，搬到深圳去住，這兩年疫情，她也沒有回過香港。」

「你會想念她嗎？」

「你覺得呢？」

「我覺得，你應該會更想念父親。」

「嗯……」

「所以，雖然你平時看似比其他女生獨立，不太理會別人的意見或想法，但偶爾還是會害怕，被別人捨棄的那種感覺……是與小時候的這些經歷有關嗎？」

「我也不知道……或許是這樣吧。」

「嗯。」

「以前我沒有跟其他人提過，這一件事呢……」

「是嗎？那我就是唯一的幸運兒了？」

「嗯……謝謝你願意聽呢。」

「你什麼時候想說，我都願意聽的。」

「謝謝你陪我。」

「嗯。」

那天晚上，在她的床上，他們擁抱著對方，繼續更多漫無邊際的對話。他輕輕聞著她的髮香，只覺得像是尋回失散已久的兒時玩伴，在她的面前，可以完全地做回他自己，可以將一切有過的遺憾與失落，都告訴給對方知道。然後在她溫柔的話語聲裡，他不知不覺地進入了夢鄉。

　　第二日早上，他醒來的時候，看見她仍然留在自己身邊，微笑看著他，跟他說一聲「早安」。她終於沒有再在自己醒來之前不辭而別。

　　他知道，自己會永遠記得這一個特別的夜晚。

Never to touch
and never to keep.

第 294 日

　　來到八月，天氣變得熾熱起來。

　　但是他和 Rachel 的關係，反而變得越來越淡然。

　　「下班後，你有什麼地方想去嗎？」

下午四時，他在 WhatsApp 裡問她。

她很快就已讀了訊息，但是一直都沒有回覆。

到了差不多五點的時候，他有事經過創作部，見到她正在跟其他同事談天說笑。他們都有看到對方，但下一秒鐘她就移開了目光。

然後等到下班，她也是沒有再回覆。

他獨自回到天后，傳訊息問她要不要一起晚飯，她依然沒有回覆。他有想過打電話給她，但是最後還是沒有按下撥出鍵。

最後，他還是自己一個人，在附近的茶餐廳吃晚飯。

有時他會回想，他們是從什麼時候開始，關係漸漸變得有些疏遠。

是那天嗎？那天晚上，他第一次在她的家過夜，聽她細說兒時的往事，他們分享了很多想法與感受……

好像就是從那一天開始，兩人的關係漸漸變得沒有再像從前般親密。對他來說，那天晚上是一個里程碑，他原本以為，經過那夜的交心、還有擁抱之後，之後他們的情誼與關係會更進一步。就算不可能一蹴而就、立即成為男女朋友，但至少應該也不會倒退一步、兩步，甚至來到現在的位置，她開始會不再回覆自己的訊息，她不會再像從前那樣依賴自己。

然後，他越是努力想挽回，那些曾經有過的默契、心靈互通、笑臉與溫柔，越是會換來更多不解、距離、嘆息與失落。她已經有多久，沒有主動提出要約他午飯和晚飯，已經有多久，沒有打電話跟自己說晚安，沒有在凌晨的時候來按他的門鈴，要他陪自己一起入睡。假期的時候，她也開始去約其他的朋友，不會再到他的家看劇集，或是與他外出郊遊散心。

偶爾，他會覺得她的笑臉，比最初認識她的時候，笑得更加快樂和自在。只是這一張笑臉，也越來越少發生在他們單獨相處的時候。他知道自己的失落與不安，甚至自己不純熟的演技，例如假裝自己沒有受到傷害，假裝自己仍然可以像以往一樣，和她自然地相處或微笑……這些這些，都會為她帶來不同程度的壓力，然後讓她漸漸不要與他有更多主動接觸和靠近，結果讓他自己承受與累積更多的鬱結和無力感。

到最後，他開始又會覺得，如果不可以成為她的朋友，自己就會是一個可有可無的存在。他一直努力小心地不要讓自己越界，但是在她的角度而言，自己還是不自覺地向她要求更多。或許並不是真的不自覺，當中是有一些心存僥倖。例如，他以為自己可以成為與她互通心曲的好朋友，自己就應該值得擁有她更多的珍惜與重視。又例如，他可以付出這麼多時間心機，陪她度過那些無法入眠的凌晨和夜深，那麼當自己如果遇到難堪或苦澀的時候，自己也應該可以得到她的關心、溫柔與體貼吧。

他知道，這其實只是自己的一廂情願，對一個人好，也不應該如此計較對方會不會有同樣的回報。但他還是很難去完全平息，自己內心對她這一種既卑微也不值得同情的期望與心理。最初，她偶爾會就範，嘗試對他更好一些，但每次都總是無法長期維持下去。漸漸她也會感到疲累，漸漸他又會感到自己不該如此下去。

然後有一天，他忽然想通了一件事情。當自己開始習慣去說，應該要學習平常心，只要不去期望，就不會換來更多失望，但心底其實就是已經將她放在那一個，她一定是有負於他、就只會繼續辜負他的壞人位置。而自己真的就是完全無辜的那一方嗎，自己真的就沒有半點自私任性、做得不好或不對的時候

Never to touch
and never to keep.

嗎？她會感到疲累或是厭倦，或許也是因為她早已經看穿了這些心理，但最後還是寧願選擇默不作聲，避開自己。

每次當想到這些，他就會覺得，自己已經無法再像從前那樣，簡單純粹地去喜歡這一個最在意重視的人。

第 296 日　2021 年 8 月 11 日

這天晚上，他繼續一個人，在茶餐廳吃晚飯。

無意間，他看到一個很像 Rachel 的身影，在茶餐廳門前掠過。他本來已經吃飽了，打算回家洗澡，於是連忙結帳，離開了茶餐廳，只見那個身影已經橫過了馬路，往大坑的方向走去。

他遠遠跟在後面，相信那個身影就是 Rachel，因為除了那一頭褐色長髮，那人身上的淺藍色上衣及卡其色長褲，都與這天在公司所見到的 Rachel 裝扮相吻合。他心裡不禁好奇，現在差不多是晚上十點，但她正在前往的方向，既不是回家，也不似是要去便利店或超級市場。她的步速不算快，就像是隨意地散步。他遙遙看著她，又再想起自己已經很久沒有和她結伴同行，心

241

Never to touch
and never to keep.

裡不由得有些失落。

　　走了大約十分鐘，她去到大坑，在他們以前一起吃過蛋糕
的甜品店前，停了下來。最初他以為，她是想來這裡吃甜品，
但是她卻沒有進內，只是在門前徘徊了一會，然後就再次漫步
回去天后。

　　他繼續遠遠跟在後面，心裡忍不住想，她是懷念以前和他
在這裡吃甜品時的那些時光嗎？有一刻，他很想立即上前，告
訴他就在這裡。但是他又害怕，一切就只不過是自己想得太多，
她可能就只不過是想來吃甜品，卻又臨時打消了念頭。

　　最後回到天后，她沒有再去其他地方，直接回家去了。他
站在對面的街角，看到她的單位亮起了燈光，於是對空氣說了
一聲晚安，接著也回去自己的家。

第 302 日

　　晚上，他又在街上，偶然看到她的身影。

或者不應該說是偶然，自從那天晚上之後，每次走到街上，他都會下意識去追尋，會不會在路上見到她。然後有多少次，他發現自己原來認錯了人，有多少次，他最後反問自己，就算讓他找到她，又有什麼意義，又會帶來什麼改變。

　　其實他與她，每天都依然會在公司碰到面，她偶爾還是會回覆他的短訊，就只不過是她不一定會對著他微笑，就只不過是她不一定會立即回覆。他已經漸漸習慣了這一種相處模式，習慣了再沒有她主動靠近和關心的生活。

　　但這一刻，自己還是會不禁地，隨著她的蹤跡，在相隔半條街道的距離，去懷念與重溫往昔有過的美好時光。他有想過，如果不小心被她發現自己的身影，她可能會變得更加厭惡自己。因此他始終不敢走得太近，不想驚動她，不想讓她發現自己仍未心死。

　　然後就在他如此胡思亂想間，她又來到了大坑，又站在那一間甜品店面前，在店外徘徊了比上次還要長的時間，然後才輕輕搖頭，緩步離開。

　　在她的身影完全消失不見後，他走到甜品店門前，見到店

Never to touch
and never to keep.

內只有三個女中學生顧客，尚有很多桌子與空位。但她最後還是沒有進內，但這夜她又再來到這裡徘徊⋯⋯想到這裡，他看著甜品店，茫然地苦笑了。

第 308 日

這是第四次，他看到她站在甜品店外徘徊。

他相信，她其實並沒有完全忘記，他們以前有過的快樂與美好時光。

就只不過是，他自己不懂得把握和珍惜，不小心錯過了她的好，不懂得好好回應她對自己的信任與期待而已。

如果可以再擁有一個機會，如果可以和她重新和好如初，他們就可以回到往昔的親密快樂，就可以改寫這個故事的結局。

第 315 日　2021 年 8 月 30 日

晚上，他打開 WhatsApp，鼓起勇氣，傳送訊息給 Rachel。

「想吃甜點嗎」
「忽然想吃巴斯克蛋糕，你有興趣嗎 =)」
「如果你有興趣，你就回覆我吧」
「我在之前我們去過的甜品店等你 =)」

不一會，他看到她已讀了訊息。

那一晚，他在甜品店外一直等一直等，等到店舖打烊關燈，他才捨得離開。

Never to touch
and never to keep.

回到天后，去到她的家樓下，只見客廳仍亮著燈。

他打了一個電話給她，但是她始終沒有接聽。

第 323 日

午飯時，他經過漢堡店，忽然想起，自己原來已經很久沒有進內光顧。

然後下一秒鐘，他看到 Rachel 原來剛好就在店裡用膳。她正坐在他們以前坐過的位置，和對座的食客像是在愉快地談笑聊天。他不禁移過目光，想要看她此刻雙眼正在注視的人是誰。

是他的上司 Cyrus。

第 326 日

重言努力回想，Rachel 是從何時開始，與 Cyrus 變得這樣親近。

Never to touch
and never to keep.

重言與 Cyrus 的座位，其實就只是相隔大約十米的距離，可是重言直到前日才留意到，原來她會不時走到 Cyrus 的座位，找 Cyrus 聊天說話，如果 Cyrus 不在，她也會特意從創作部走過來，在他的桌子上留下便利貼。午飯時間，她會來到 Cyrus 的座位前，等他一同離開公司。下班後也是這樣，如果 Cyrus 要加班，她會跟他親口說再見，才離開公司。

重言不知道，Cyrus 是否已經變成了 Rachel 的新目標或新對象，他們是否正在曖昧，或是已經更進一步，變成男女朋友的

關係。

　　他只覺得，自己原來在不知道什麼時候，輸給了一個意料之外的對手。作為同事與下屬，他了解到 Cyrus 是一個值得信任、可以交心的人，沒有特別值得詬病的缺點，也沒有聽說過他有女朋友、他花心或欺騙別人感情。

　　而就算 Cyrus 的為人如何，重言知道自己也是沒有任何資格與權利過問，她想要與誰聊天，喜歡與誰交往。

　　他真的明白。

　　只是內心還是會覺得無比難受而已。

第 350 日　2021 年 10 月 4 日

　　回到公司，重言向 Cyrus 遞了辭職信。

　　Cyrus 一臉意外，問他為什麼要辭職。他只是解釋，有一家公司給他更好的薪酬和待遇，所以想試試去外面發展。Cyrus 也

247

Never to touch
and never to keep.

沒有再說什麼，因為這間公司的薪金確實是比其他同業要低，於是只好祝他未來會有更好的發展。

重言回到自己的座位，心裡像是放下了一塊大石。

其實他還沒有找到新的工作。

但是他真的不想再繼續留在這一間公司，不想再勉強自己每天繼續在她的面前，假裝看不到她與另一個人快樂談笑，假裝不會在意她對自己如何刻意冷漠與疏遠。

他現在才知道，為什麼會有人說，不要在公司裡發展任何形式的戀情，因為到頭來就只會苦了自己，就算你想逃開，但你還是會在同一個圈子繼續碰見對方，繼續合作共事，每日朝夕相對，連一點點可以讓自己喘息的空間與時間也沒有。

他不是不知道，眼前的這一個人，不值得自己再去花更多的心神與時間，不值得再浪費更多眼淚和心痛。每次當在公司裡碰到她，他就會忍不住想起，她曾經有多體貼溫柔，她後來如何冷漠自私，她如今怎樣虛偽敷衍，她將來會更遙遠陌生。越是繼續相對，越是會提醒自己，這一個人，總有天還是會與

他不相往還。

　　就算這刻他還會心軟，還會念及她從前的好，對她付出更多溫柔或笑臉，她也是不會有任何感動和珍惜，還是只會為自己換來更多冷漠陌生和刺痛。偶爾有朋友問，為什麼他還不捨得放手，但是他也不知道如何去解釋或表達，處在這種不捨得與無法逃避的情緒之間，所要承受及累積的無奈與疲累，可以有多深，可以有多重。

　　每天，他就只可以更努力地去提醒自己，不要再對這一個無法離開的人，有任何心動或期待，不要對她有心無意的一句說話或一個眼神，而去解讀太多，結果讓自己想得更遠。但來到這天，他真的感到很累很累了，他實在不想再繼續假裝下去，實在不想再用一個淡然陌生的表情與目光，去繼續面對這一個仍然最珍惜、最不捨、最喜歡的人……

　　若是如此，那倒不如自己學會忍痛離開。

　　就算到最後，離開了，原來不等於真的可以放開，可以看開……

但至少，自己不用再困在這一個囚籠裡，無法放過自己，無法再重新去喜歡自己。

第 352 日

下班時段，重言準時離開大樓，看到 Rachel 正站在大樓的對面街道。

她見到他出現，緩緩向他走近。他本來以為她是要回去公司，怎知當她走到他的面前時，她對他這樣說：「可以和你一起回天后嗎？」

他想回答不好，但轉念一想，如果她有話想要說，那麼自己是不是應該要聽聽她說些什麼，才再作打算？於是他點了一下頭，兩人一同往巴士站走去。

過了一會，她問他：「為什麼突然提出辭職呢？」

「沒有為什麼，就只是想離開一下。」他淡淡地回道。

「是因為我的關係嗎？」

「也不完全是。」

「你已經找到新工作嗎？」

他不想騙她，最後回道：「還沒有。」

「那你為什麼要這樣衝動提出辭職？」她嘆氣問。

「是啊，我就是衝動啊⋯⋯而且等我辭職之後，你跟 Cyrus
不是會發展得更順利嗎？」

他忍不住對她說了這些晦氣話，她聽到後，微微苦笑了一
下，對他說：「我跟 Cyrus 就只是普通同事關係，沒有其他。」

「是嗎，但是現在也與我沒有關係了。」他原本想這樣回
她，但覺得自己像是一個怨婦，最後還是沒有作聲，繼續往巴
士站走去。

後來她也沒有再說什麼，和他乘上了回天后的巴士，默默

坐在他的身邊，在同一個車站下車，走到他們所住的那一條街道。

「那你辭職之後，會有什麼打算呢？」最後，她這樣問他。

「不知道，可能會先休息一下。」經過半小時的車程，他的心情已經回復平常。「這幾個月我真的覺得很累很累，我想我真的需要時間，讓自己好好放空一下。」

她對他點一下頭，然後就上樓回去自己的家。

他看著她剛才所站的位置，想苦笑一下，最後還是輕輕搖頭，往海邊的方向走去。

第 354 日

午飯時間，她在 WhatsApp 問他，要不要去吃漢堡。

他看著訊息，感到哭笑不得。

想拒絕，但是自己又不捨得。

想接受，但又怕自己再一次，陷得太深。

第 357 日

「其實你知道嗎，你繼續這樣主動來接近我，可能會讓我感到誤會，或是產生更多不應該的期待與幻想呢？」

和她再次來往，與她再次一起吃晚飯的時候，他忍不住這樣問她。

「對不起，是我不好。」

但想不到，她立即就向他率真地道歉。他輕嘆了一聲，說：「每次你跟我說對不起，我都會覺得，自己又會輸給你了。」

「輸給我？」

「因為我一定會心軟，然後就這樣輕易地原諒你。」

她聽到後，像是想起了什麼，默默出神。過了一會，她嘆一口氣，輕輕的對他說：「對不起。」

　　「為什麼又道歉啊？」

　　「其實我是應該要明白你的感受，應該要更早去避免會有這種情況發生……我以前以為，自己不會變成一個這樣偽善的人，但結果……現在反而傷你更深。」

　　他默默細嚼她這一番話的含意，然後說：「或許，你也想得太認真了……沒有遇到你，我可能還是會遇到其他人，可能也會受到不同的傷害，也會學到另一些自己原本不懂得的事情。」

　　她凝看著他，最後說：「你真的太容易心軟呢。」

Never to touch
and never to keep.

第 362 日

　　清晨，她就來到他的家門前，按動他的門鈴。

　　「這麼早……什麼事啊？」他睡眼惺忪地應門。

「天氣開始轉涼，我們去郊遊吧！」

「呃？」

　　然後她沒有理會他的意願，走進他的睡房，尋找他的背包。等他刷完牙洗完臉，就見到她已經為他收拾好行裝，還幫他搭配好了這天外出穿著的衣服——是一身牛仔恤衫、牛仔褲的打扮，跟她這天所穿搭的相似。

　　他乖乖就範，換好衣服隨她出門。兩個小時後，他們去到位於香港東北部的鹿頸，沿著家樂徑，一邊拍照一邊慢遊。

　　走得累了，他們就在沿途見到的小吃店坐下，吃茶果和豆腐花。到了中午，他們又在一家可以看到海的茶座吃客家菜，嚐到正宗的黃酒薑汁雞與荔芋扣肉。海風輕拂，她又不時和他說笑，讓他感到一種久違的閒適寫意。

　　之後她又帶他走到谷埔，參觀當地的圍村，又見到一群正在草原散步的牛，她雀躍地想要和牠們合照，但又怕自己會騷擾到牠們，正在躊躇時，一隻可愛的小牛向她走近，他連忙把握機會，拿出相機幫她們合照。

到了黃昏，他們坐在碼頭的燈塔下，一同欣賞夕陽緩緩落下，感受海風送來的陣陣秋涼。他忽然覺得，現在是時候了。於是他深深吸一口氣，輕聲問她：「我喜歡你，你可以做我的女朋友嗎？」

她側頭看他，臉上彷彿沒有太多意外，又彷彿帶著一點憐惜。過了一會，她輕聲說：「你覺得我真的適合做你的女朋友嗎？」

「誰真的適合、誰原來不適合，也要試過、開始過，才會知道答案啊。」

「但如果在我的心裡，還有著一個仍未可以放下的人……你又真的不介意嗎？」

說到最後，她雙眼看著他，然後又看回前面的大海。

他不知道應該如何回答，即使他心裡其實早已有一個答案。

一個她最後還是會逃走的答案。

第 363 日

　　清晨，她打開家門，想要倒垃圾時，見到重言就坐在大門旁邊的樓梯。

　　他身上的衣服，仍是昨天所穿的牛仔恤衫和牛仔褲。

　　她問他：「你昨晚沒回家嗎？」

　　他抬起臉，對她微笑說：「我不介意啊。」

　　「……不介意？」

　　「就算你心裡還有放不下的人，我都不會介意。」

　　他將這番藏在心裡一整晚，已經反覆細想了千百遍的話，輕輕的對她說出來。

　　她沒有作聲，坐在他的身旁，挨在他的肩膀上。

　　最後，她還是沒有給他一個想要的答案。

第 380 日

這天是重言最後一天上班。

Rachel 特意為他辦了一個歡送會，午飯時段在會議室安排了美食到會，邀請了全公司所有與他相熟的同事參加，一起與他拍大合照。

「謝謝你為我安排這一切呢。」他對她說。

Never to touch
and never to keep.

「你是我這間公司裡最好的朋友嘛。」她笑著回答他。

「就只是在這間公司嗎？」他失笑。

「那我修正，是過去這兩三年來吧。」她嘆氣。

「說起來，我們已經認識了一年時間呢。」

「可惜你要走了。」

「嗯。」

「將來我們還會再見嗎？」

「如果你想，當然可以隨時再見。」他看著她說，「而且我們住得這樣近。」

「也是呢⋯⋯我想，以後應該不會再遇到其他朋友，可以與我住得這樣近了。」

「我想我也是。」

「謝謝你就像是家人那樣，總是陪伴著我，支撐著我呢。」

「嗯⋯⋯」

「對了，這個星期六，你有空嗎？」

「有空啊。」

「我想再去一次沙灣徑看日落呢。」

「好啊，已經很久沒去了，我陪你吧。」

「嗯。」

這時候，有同事想要與重言合照，於是 Rachel 微笑走開。

他看著她的背影，不知為何，感到她像是有些落寞。

應該是錯覺吧，他對自己說。而且拍大合照時，她還是笑得這樣燦爛。

直到很久很久之後，他才明白，原來當時候的自己，並不是真的想得太多。

Never to touch
and never to keep.

原來那個時候，自己已經錯過了一些最重要的什麼。

第 390 日　2021 年 11 月 13 日

星期六，難得的好天氣。

他忽然心血來潮，想去附近的酒樓吃蝦餃和腸粉。

於是他打電話給 Rachel，看看她起床了沒有，打算邀她一起去喝早茶。

但是電話未能接通。

過了一會，他又再打給她，還是一樣未能接通。

半小時後，一小時後，甚至之後，都是未能接通。

是手機沒電嗎？他從未試過撥電話找她，但電話一直未能接通。他打開 WhatsApp，在短訊裡邀她去酒樓喝茶，但是 WhatsApp 卻一直顯示，她的手機尚未接收這一個訊息。

到了下午，情況仍是一樣，依然未能找到她。他不禁想，即使她昨天太晚才入睡，今早還沒睡醒未開啟手機，可按照她的生活習慣，現在也應該已經下床了。於是他去到她的家，按鈴找她。

但沒人開門。到了晚上，他再上門按鈴，也是沒人應門。

她的家裡，一直都沒有亮燈。

她的手機，始終都沒有接通。

第 391 日

到了凌晨，他擔心她真的發生了什麼意外，於是找出她留給自己的備用鑰匙，用鑰匙打開了她的家門。

然後他發現，屋裡沒有她的存在，也再沒有任何傢俱或物件。

就只剩下大廳牆上，之前貼著的《安娜瑪德蓮娜》電影海報。

後來他打電話給地產經紀探問，才知道她在上個月已經退租，前幾天搬走了。

在與他去完最後一次的沙灣徑後，靜悄悄地，從他的生活裡消失。

第 394 日

「Rachel 已經辭職了，在你離職後的第二個星期，有天她突然遞交辭職信，並補回一個月的通知金，交代了手頭上的工作事宜，就立即離開了……所有同事都覺得很突然，因為她之前好像沒有向任何人提起過，最後大家也來不及和她說再見呢……不知道她是不是已經找到新工作呢？新公司應該是給了她一個更好的 offer 吧？畢竟這一年網路媒體的競爭也相當激烈呢，我們人事部昨天也才登了兩個求職廣告，希望……」

後來 Michelle 還有說些什麼，他已經沒有再聽進耳裡。

Never to touch
and never to keep.

第 395 日

他在郵箱收到一封掛號信。

到郵局去領取，打開郵包，見到是之前他留給 Rachel 的備用鑰匙。

郵包上的回郵地址，仍然是她之前的住所。

他知道，她是不想讓他找到自己。

第 408 日

最近他開始習慣，在每次回家前，都會在對面的街道，仰望她之前所住的單位。

有時會仰望五分鐘，有時是十分鐘。

有時他會搖搖頭、苦笑一下，有時他會變得不想回家。

第 431 日　2021 年 12 月 24 日

那個單位，似乎還未找到新的租客。

這天晚上是平安夜。他沒有約人，也沒有想去的地方。在外面吃過晚飯，他決定提早回家。然後在回家前，他又不自覺地仰望著那個單位。

過去一個多月，他很努力地嘗試想尋找她的消息，但是始終沒有太多進展，她的朋友都跟他一樣，不知道她已經辭職及搬家。她的 Instagram 本來就很少相片，最近也一樣沒有更新。

　　他好想知道，她為什麼要突然消失，而且要消失得這樣徹底。也好想知道，她現在過得好不好，還會不會到了夜深，莫名地失眠。

　　接著他想起很多很多，之前和她相處時的一些往事。例如去年今日，他們在土瓜灣的路上重新遇上。再早一個月前，他們第一次約會，看完電影後在銅鑼灣夜市遊逛，她帶他去甜品店吃巴斯克蛋糕。

　　然後他想起，她之前每天晚上，都會從這一條街，默默走到那間甜品店，卻又從來不會進內光顧。想到這裡，他心裡突然感到有些茫然，但模糊中又像是找到一些，以前從來沒有想到過的線索。於是他邁開腳步，往甜品店的方向奔去。

　　不到十分鐘，他已經跑到甜品店的門前。他站在她以前曾經徘徊過的位置，回頭往上仰望。只見上面都是一些舊式的樓宇，有些亮了燈，有些可以看見屋裡的人影。他忽然明白，以

前她為何會不時來到這裡，每次總是在這裡徘徊，或五分鐘，或十分鐘，彷彿在思念，也彷彿在尋覓，而到最後，總是會落寞地獨自離去。

因為這裡曾經住著一個，她仍會思念的人。

可惜那個人已經不在。

已經不再。

第 363 日

那天早上，在她的睡床上。

「現在也不怕告訴你，其實我第一天見到你的時候，就已經對你有好感了。」

「第一天？」

「你來到公司上班的第一天，那時候 Michelle 帶你來到我們

部門，介紹給大家認識。」

「哦……」

「怎麼了？」

「其實在更早之前，我就已經見過你呢。」

「更早之前？」

「之前我到公司面試時，那時候就已經見到你了。」

「原來有這樣的事嗎……當時我在做著什麼啊？怎麼我沒有看到你。」

「那時候，你應該是在自己的座位，一邊聽歌，一邊吃外賣飯盒。」

「是嗎……我完全沒有印象呢。」

「你當時只顧著吃飯，又怎會看見我。」

「那你為什麼又會注意到我呢？」

「……是因為你當時在聽的歌吧。」

「歌？是哪一首歌啊？」

他側過頭，問她。

她一直看著天花板，始終都沒有回答。

第 540 日　2022 年 4 月 12 日

「你有 Instagram 嗎？」

「有啊，你加我吧。」
　　重言拿出自己的手機，顯示自己的 Instagram ID，讓新認識的
同事們追蹤他的帳戶。

「說起來，你有點像我從前認識的一個朋友呢。」他身旁
的一個女同事，一直微笑看著他，又對他說：「不過我朋友比

較高，你就比較年輕。」

「是嗎……」

「我加了你 Instagram 了。」

「我看到了，我也加了你……cammy23128 是嗎？」

「是啊，謝謝你加我呢。」

重言向女同事微笑了一下，然後在手機裡繼續確認其他同事的追蹤申請。

忽然，女同事輕聲問他：「原來你認識 Carmen 嗎？」

「……誰啊？」

他一邊問，一邊望向女同事的手機，只見她正在瀏覽著自己所拍的一張相片，是之前與 Rachel 在谷埔郊遊時，她與小牛的合照。他呆了一下，說：「她是我以前的舊同事。」

「是嗎？」

女同事的聲音，像是變得有些淡然。

「你們⋯⋯很熟嗎？」

女同事搖一下頭，淡淡說：「都好幾年沒見了。」

重言原本還想再問，但女同事卻對他微微笑了一下，又彷彿嘆息了一聲，然後轉身走開。

之後，她沒有再找過他說話，沒有再靠近到他的身邊。

第 796 日　2022 年 12 月 24 日

「我喜歡你。」

「但⋯⋯」

「你可以做我的男朋友嗎？」

「謝謝你的喜歡……但是……」

「我知道你的心裡，仍然會有另一個人的存在，你對她還未可以完全忘情。」

「是的……對不起。」

「你不用抱歉啊，這其實很平常。」

「很平常？」

Never to touch
and never to keep.

「因為你是曾經無比認真地喜歡過那一個人，所以對方才可以在你的內心，留下難以抹走的刻印，有些人要很長時間才可以淡忘，有些人是以後都淡忘不了……」

「你有試過這樣嗎？」

「當然試過啊。念念不忘的感覺，真的很讓人難受。」

「那……既然你知道我還未能放下，為什麼仍來問我可否做你的男朋友？」

「因為，我是認真的喜歡你，喜歡到⋯⋯就算知道你還未可以完全放下那一個人，我都不會介意。」

「但是⋯⋯」

「我知道你此刻還未可以放下，但如果⋯⋯如果你也有一點喜歡我，如果你不介意我也有不足或不完美的時候，如果我的出現與陪伴，可以讓你開始變得，可以漸漸放下那一個人了，可以比從前更快樂或釋懷一些⋯⋯那麼我真的不介意，和你一起帶著那些回憶、遺憾與傷害，繼續一起走下去。」

「⋯⋯謝謝你。」

「你還沒回答我啊？」

「嗯？」

「你可以做我的男朋友嗎？」

「嗯。」

第 883 日　2023 年 3 月 21 日

凌晨三時，他突然夢醒過來。

他已經很久沒有做過，這一個夢。

在夢裡，他再次遇見那一個女生。

每一次他都會問她，為什麼上一次又會突然不辭而別，為什麼不論自己做些什麼、怎樣努力地去改正或挽救，但是她仍然不會選擇自己，不會理會自己的難受和失落，也不會給自己任何認真的答案或理由，就只是會用最冷漠絕情的態度，來拒絕他，來回報他，到最後，還是會再一次捨他而去，讓他累積更多卑微與鬱結。

但是這一次，他沒有再問她那些問題。

自己就只是平靜地問，後來有沒有找到，那一個離她而去的人。

女生依然沒有回答，對他微微笑了一下，然後又再一次，

突然消失不見。

剩下他一個人，留在原地，看著天花，茫然夢醒過來。

然後繼續回憶，繼續等待。

繼續徘徊，繼續執迷。

Never to touch
and never to keep.

後來
不論你在 IG 發佈什麼
他都不會給你任何反應
但是他依然會繼續追蹤你
但是你始終不捨得取消追蹤
你們依然是朋友吧
只是不會再說生日快樂
以後每個節日也不會祝福問好
偶爾你會想去問為什麼會變成這樣
直到後來你遇到更多更多這樣的朋友
不會刻意靠近也不會從此絕交
彷彿這就是顯得成熟的一種默契
彷彿你們都真的不會再留戀
不需要面對面講一聲
再見

Never to touch
and never to keep.

Never to touch
and never to keep.

Never to touch
and never to keep.

後記
沒有答案的愛情

Never to touch
and never to keep.

「呼，終於看完了。」

「謝謝你看完呢，你是先看張重言那一章，還是譚嘉旻那一章呢？」

「譚嘉旻。」

「竟然。」

「對了，為什麼這次你會這樣設定，讓讀者自己選擇其中一章去開始閱讀這個故事？」

　　「我想模擬現實的情況……通常我們未必可以從最初就會知道事情的全貌，未必有機會去觀察及記下各種面貌的發展，有些事實和真相，可能是在事過境遷後，我們才會從其他途徑裡略窺一二。又有更多種情況是，我們永遠都無法知道真相，卻又已經在不自覺間被影響得很深很深。」

　　「就好像張重言的情況嗎？」

Never to touch
and never to keep.

　　「嗯，但是我希望可以讓大家從另一個角度，去理解 Rachel 的過去，去嘗試思考為什麼她最後會這樣對待張重言。如果你是先看譚嘉旻那一章的話，可能也會看到她在不同時期的面貌、成長或改變。」

　　「我想問，Rachel 特意為張重言辦生日會，是真的一心一意想要為他慶祝，還是其實是想彌補某些過去的遺憾？」

　　「都有可能，但真正答案，就只有她自己才清楚。」

「你是作者，難道你自己也不知道嗎？」

「有些時候，我將一些觀察寫出來，不等於我就是真的了解當中所蘊含的意義、當事人背後的真正想法。很多時我其實也跟大家一樣，希望透過書寫和閱讀，給自己和大家一個機會，從另一個角度去思考，或是去釐清一些內心的想法與感受。」

「那麼，在巴士裡，Rachel 本來倚著張重言聽歌，但是她忽然獨自下車離去⋯⋯是因為她聽到某首歌的緣故嗎？」

「嗯。」

「那首歌是〈軌跡〉嗎？還是〈最長的電影〉、〈空隙〉？」

「〈最長的電影〉也可以。」

「唔⋯⋯2020 年的平安夜，他們在土瓜灣再次遇上，是真的純粹碰巧，還是她那天是特意回去土瓜灣呢？」

「可能她自己也不知道答案呢。或者應該這樣說，我覺得

她在那個時候，其實還沒有很確定自己的想法及真正追求什麼。在我的設想裡，Rachel 那天晚上是回了土瓜灣的舊居，背後沒有經過太多深思熟慮。她並不是有什麼重要事一定要在那天晚上回去，但她最後還是選擇在那個晚上回去了。你說她是有心如此、還是下意識地變成這樣？大概連她自己也無法告訴你真正的答案……然後到了夜深，她在街上遇到張重言，她最後對他說了對不起。如果他們當晚沒有巧遇對方，之後她可能也不會有想對他說對不起的情緒與衝動。」

「在你的設定裡，Rachel 有沒有喜歡過張重言呢？」

「我想這個問題，她自己也一樣不清楚真正的答案吧。就好像，Raymond 到底有沒有喜歡過譚嘉旻呢？這是譚嘉旻一直都好想知道的答案，但她始終無法在他身上得到一個回答……或許是因為這個遺憾，她後來在不知不覺間，想要在另一個人身上去印證或追求，自己想要的答案。」

「……這樣執迷下去，真的好嗎？」

「從結果論來看，我們會很容易判斷是好還是不好。但最初的時候，很多時人們就只是想要找到一個出口。」

「那麼可以這樣說嗎，她是希望自己可以放下 Raymond，希望自己真的有喜歡張重言，所以最初才會和張重言變得親近。但到了在巴士車廂那一個晚上，她發現自己還未可以真的放下，不想拖累張重言，所以選擇和他重新保持距離……是嗎？」

「你可以這樣想，只是之後他們還是再次變得親近起來。」

「是啊，所以我不明白，她這樣對他若即若離，到底是什麼心理？」

「不知道呢……但她可能會想起，Raymond 從前對她也是這樣子。」

「Raymond 放不下從前某個人，所以最後沒有選擇和她在一起。那會不會也為她帶來一些影響，即使她其實也可能喜歡過張重言，但最後還是讓自己作出與 Raymond 同一樣的選擇？」

「嗯……其實我也不確定，這是不是真正的答案呢。最近聽到一個故事，有一個女生，原本交了一個不錯的男朋友，但是某天對方突然提出和她分手，然後漸漸變得疏遠，不再見面。她難過地問對方，為什麼會這麼冷漠無情，如今會變得這麼陌

生，是不是自己有什麼做得不好的地方？但對方卻又說，不是她的問題，是他自己的問題。女生忍不住再問他，難道他沒有喜歡過她嗎？那些曾經有過的甜蜜、溫柔、關心與堅持，明明那麼真切，明明真的讓她感動過，但是他卻只對她說，那些原來並不是真的，他如今才發現，自己沒有喜歡過她，他只是以為自己喜歡過她……」

「這很傷人呢。」

「嗯，但女生還是無法就這樣心死，還是會想繼續等下去，還是會覺得，他們仍然有可能重新在一起，可以變回從前好好的『我們』。只要自己再努力去變得更好，有天他可能就會回心轉意。只是我們其實都不能確定，那個男生是由於什麼原因，而決定跟她分手，又甚至乎，連男生自己當時也不清楚那一個決定分手的真正原因，還有最初會決定與女生在一起的真正原因……而他可能也無法向女生坦誠地解釋清楚，就算他真的不想再讓她為自己浪費更多時間，真的來讓她可以好過一些。」

「就好像 Rachel 也不會向張重言提及 Raymond 這個人嗎？」

「嗯，或許。」

「那最後還有一點想問……為什麼她後來要改名做 Rachel 呢？」

「你覺得呢？」

「……是想要換一個名字，讓自己重新開始？」

「可能吧。」

「你又回答得這樣模稜兩可……還是 Rachel 與 Raymond，都是 Ra 開首……」

「好吧，這次就談到這裡。最後，謝謝大家看完這一本書，很久沒寫長篇小說了，心裡無比滿足，同時也很期待大家的讀後感與想法。希望這一個故事，可以為大家帶來一些共鳴和反思，一些原本不會發現的出路與可能性，然後讓自己可以尋回更多力氣，去重新開始，或是更堅定地繼續往前走下去。嗯。我們在下一本書《在你變成回憶之前》再見。」

Middle

讓 我 最 放 不 下 的 人

MIDDLE 作品 10

讓我最放不下的人/Middle著. -- 初版. -- 臺北
市 ： 春天出版國際文化有限公司, 2023.05
　面 ；　　公分. -- (Middle作品 ； 10)
ISBN　　　　　978-957-741-683-4(平裝)

857.7　　112005386

作　　　者	Middle
總　編　輯	莊宜勳
主　　編	鍾靈
封 面 設 計	克里斯
排　　版	三石設計

出　版　者	春天出版國際文化有限公司
地　　址	台北市大安區忠孝東路四段303號4樓之1
電　　話	02-7733-4070
傳　　真	02-7733-4069
E － mail	story@bookspring.com.tw
網　　址	http://www.bookspring.com.tw
部　落　格	http://blog.pixnet.net/bookspring
郵 政 帳 號	19705538
戶　　名	春天出版國際文化有限公司
出 版 日 期	二○二三年五月初版

定　　價	380元

總　經　銷	楨德圖書事業有限公司
地　　址	新北市新店區中興路二段196號8樓
電　　話	02-8919-3186
傳　　真	02-8914-5524

Never to touch and never to keep.

Never to touch and never to keep.